三島由紀夫

対談集
尚武のこころ

イースト・プレス

復刻版

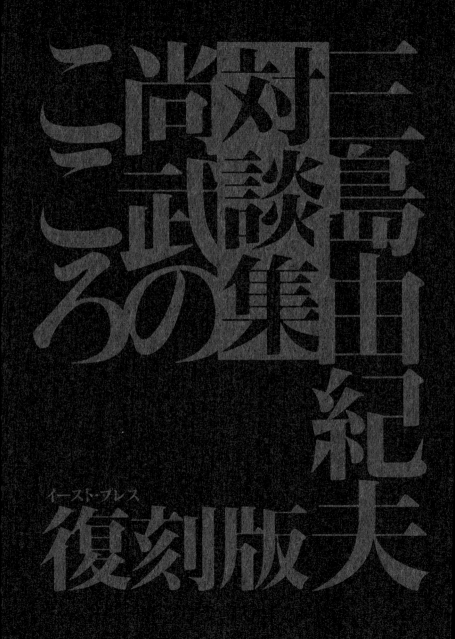

三島由紀夫対談集　尚武のこころ

この対談集のゲラを読みながら、自分のお喋りに全く厭気がさした。どうしてかう埒《らち》もないことを、あつちこつちへ喋りまくつて暮してしまつたのか。その結果、日本が少しでも自分の望むやうな形に変つたか。否、明らかに、私のお喋りが望んでゐたのとは反対の方向へ変つたのである。かうなると、自分の口を抓《つね》りたくなつてしまふ。

対談の相手方の思想傾向は千差万別であるが、右顧左眄《うこさべん》して物を言ふやうな人が、対談者の中に一人もゐなかつたといふことは、私の倖せでもあり、名誉でもあつたと思ふ。敬意を抱くことができない人と対談したところで仕方がない。私はこれら対談相手の諸氏から、実に多くのことを教へられた。冒頭に述べた私の悔恨のマイナスは、このプラスによつて十分償はれてゐると思はれる。

今回読み返してみて、非常に本質的な重要な対談だと思はれたのは、石原慎太郎氏との対談であつた。旧知の仲といふことにもよるが、相手の懐ろに飛び込みながら、匕首《あひくち》をひらめかせて、とことんまでお互ひの本質を露呈したこのやうな対談は、私の体験上もきはめて稀である。

私は自分のものの考へ方には頑固であつても、相手の思想に対して不遜であつたことはないといふ自信がある。これが自由といふものの源泉だと私には思はれる。世間からは、いろいろな偏見で見られてゐる対談者も（もちろん私を含めて）、この本の中では、明るい光の下の広場《アゴラ》に会して、お互ひに自由な対談を楽しんだ、といふことが、読者にわかつていただけるとよいと思ふ。

昭和四十五年八月二十一日

三島由紀夫

目次

三島由紀夫対談集　尚武のこころ

守るべきものの価値

われわれは何を選択するか

石原慎太郎

〈『月刊ペン』昭和44年11月号〉

三島　石原さん、今日は「守るべきものの価値」に就《つい》て話をするわけだけど、あなたは何を守ってる?

石原　戦後の日本の政治形態があいまいだから、守るに値するものが見失われてきているけど、ぼくはやはり自分で守るべきものは、あるいは社会が守らなければならないのは、自由だと思いますね。

自由は、なにも民主主義によって保証されているものではないんで、ある場合には、全然違った政治形態によって保証されるものかもしれない。しかし、われわれはどんな形の下であろうと、自由というものを守ればいい。僕のいう自由というのは、戦後日本人が膾《かい》炙《しゃ》してしまった浮薄な自由と違って、もっと本質的なものです。

三島　でも自由にもいろんな自由があるからね。どの自由を守るか、たとえば三派全学連はやはり彼らも自由を求めていて、彼らが最終的にほんとの自由な政治形態、自由な社会をつくるんだと主張しているわけだよ。自由は人によってずいぶん違うから、そこが問題じゃないですかね。もし、あなたが自由と言えば、それはやはり米帝国主義か、日本独占資本主義か、自民党政権下の自由であるというふうにやつらは規定するだろう。その自由を、つまりやつらとどう違うんだということを説明しないと、自由というのはわからないんじゃないかな。

石原　僕の言う自由はもっと存在論的なもので、つまり全共闘なり、自民党なり、アメリカンデモクラシーが言っているもののもっと以前のもので、その人間の存在というもの、あるいはその人間があるということの意味を個性的に表現しうるということです。つまり僕が本当に僕として生きていく自由。

三島　言論の自由ということですか。言論、表現の自由。

石原　もちろん言論、表現の自由をも含めてです。根本は、自分自身の表現そういう自由を許容し得る社会というのは、相対的にながめれば、やはりコミュニズムよりも、民主主義という政治形態のなかのほうがありうるとぼくは思います。それにすらも非常に制約があるということで、一部の学生たちは既成のエスタブリッシュメントを見てこわそうとしているわけでしょうけどね。彼らが非常に生理感覚が鋭敏で、この時代のうそ、ぬるま湯みたいな民主主義のうそを拒否していることは共鳴できる。ただ、日本の学生運動を評価できないのは、そのほとんどが容共というか、歴史的に、社会科学的に、自由への制約が根強い方向を自ら目指している。共産主義の方法論で自由を求めようとするところが、陳腐で、保守的というより、退嬰《たいえい》的だと思うんですよ。だから、ぼくは日本の学生運動というのを認めないんだ。

三島　ただ自由の観念が、たとえばアメリカというのはベトナム戦争中におけるアメリカを評価すれば、あの長い戦争の経過で言論統制をしなかったこと。反戦運動は起こるわ、反体制的な新聞は出るわ、あらゆることをやってきて、戦争をやってきてまだやっているんだけれども、言論統制をやっていないことはえらいと思うんです。あれをやったらアメリカはもう意味がないですね。

チェコも結局、言論の自由の問題です。それでは言論の自由を守るのには代議制民主主義という政治形態が一番いい、と。するとわれわれは言論の自由を守るために闘うのであって、ソビエト、ないし中共、ないしその他の共産主義社会では自由は守られないから、これに対して闘うという論理だね。もう一つ新しい政治形態ができて、いまのような死んだ自由ではなくて、もっと積極的な自由を君らに与えるような政治体制ができれば、何もそんなにむきになって共産主義に対抗して、民主主義を守らなくてもいいじゃないか、というのは直接民主主義という考え方なんですね。

直接民主主義という考え方はぼくにもよくわかりませんけれども、個人個人の自由と、国家意志というものとは一致するということを考えているんでしょうね。ところが、そういう意味の調和というのはどこの国でもいままで成功したことはないんです。ぼくも言論の自由を守るために、たとえたいした政治形態ではなくても、言論の自由を保証する政治形態を守るということには全面的に賛成ですがね。しかしそれと、国民の血というか、文化伝統というか、そういうわれわれの根と言論の自由がどういう関係があると思う? 自由自体が国民の根であると思うかね。先験的な自由というものがあって、それはわれわれの国民精神と完全に融合すると思いますか。

石原　ぼくは三島さんより伝統からは自由ですからね。伝統を絶対化したら、何も出来ない。進歩もない。

三島　自由だと思っているだけで、君は意識的に自由だと思っているだけで、決して自由じゃないです。日本語を使っているんだから。

石原　そりァそうですよ。たしかに存在というのは、先天的な根を持たなくちゃいけないというのは、ぼくの言うのは、存在にはいろんな場合がある、心情的な存在も、精神的な存在もあるでしょうけれども、特に心情、情念という形は、われわれが根から吸ったフルーツ、つまり伝統という風土を持たざるをえない。しかしそういったものからのがれようとすることだって自由の問題になってくるでしょう。しかしそういう根を持つということは不自由なのではない。つまり自由、不自由以前の問題なんで。

三島　そうすると、つまり根というものは先天的に与えられたものだ、自由は選択だという考えだね。

石原　そうです。

三島　ぼくはそこに昔から疑問を感じているんだ。つまりあなたが自由を選んだんだ。人間は自分が選んだバリューを最終的に守ることができるかということにぼくは疑問なんだ。

石原　選択というより、自由というのはさがすことだ。

三島　人間がさがして最後に到達するものは根だよ。そうだろ。

石原　いろんな意味での存在の根に対する回帰でしょうね。しかし、そのためさまざまな回路にも大きな意味がある。

三島 回帰だろう。回帰のなかには自由という問題をこえたものがあるはずだ。ぼくは簡単に言うと、こういうことだと思うんだ。つまりわれわれは何かによって規定されているでしょう。これは運命ですね。日本に生まれちゃった。あるいは石原さんのようにブルジョアの家庭に生まれちゃった。

石原 ぼく？ とんでもない。あなたと違って私はたたき上げですからね。（笑い）

三島 自由を守るというのはあくまで二次的問題であって、これは人間の本質的問題ではない。自由を守る、ある政治体制を守るということは、人間にとって本質的問題でも何でもない。ぼくは、おまえ民主主義を守るために死ぬか、と言われたら、絶対に死ぬのはいやですよ。国会議事堂を守るために死ぬのもいやだし、自民党を守るために死ぬのもますますいやですね。われわれはある政治体制を守るために死ぬんじゃない。じゃ何を守るために死ぬのか。バリューというものを追い詰めていけば、そのために死ねるものというのが、守るべき最終的な価値になるわけだ。それはこの自由の選択のなかにないとぼくは思うんだね。自由の選択自体のなかにはない。もっと規定しているもののなかにそれがあるんだ。

石原 何のために死ねるかといえば、それは結局自分のためです。その自分の内に何をみるかということでしょ。三島さんがいう自由というのは、ぼくの言った自由と違うところにそれてしまっていると思うな。ことばのあやみたいだけれども、規定するものとは、不自由ということですか。

三島　ニーチェの「アモール・ファティ」じゃないけれども、自分の宿命を認めることが、人間にとって、それしか自由の道はないというのがぼくの考えだ。

石原　ギリシャの悲劇は宿命というものからのがれようとしている、それに対して闘おうとする、あれは何ですか。

三島　ヒュブリスというんだ、ごうまんというんだ。神が必ずそれを罰するのが悲劇なんだ。

石原　そうですよ。しかしそこにやはり高貴な自由があるでしょう。だから神はその英雄を罰し、その後に神にする。

三島　その自由のギリシャのヒュブリスの伝統がキリスト教になり、あるいは三派、全学連になっているんだ。結局、最後には、人間というものは人間をはみ出して、何かそれ以上のものになろうという、その意志のなかに何か不遜なものがあるんだ。それがずうっと尾を引いて直接民主主義までいってしまっているんだ。それは滅ぼさなくちゃいけない。

石原　それはおそろしい発言だと思うな。神ならそういえるけど。それに人間を超えようとすることこそが、人間的でしょ。ぼくはやはりそういう意味では三島さんより自由というものを広義で考える。だってそうじゃないですか。自分の宿命というものに反逆しようとすることだって、それは先天、後天の対立かもしれないけれども、しかし宿命というものを忌避しようとすることは、人間にとって自由です。そこに、神のでない人間の意志がある。

三島　しかし宿命を忌避する人間は、またその忌避すること自体が運命だろう。そういう人間はそういうふうに生まれついちゃったんだ、反逆者として。

石原　しかしそれはその人間の一つの存在の表現であって、ぼくはやはり人間の尊厳というのはそこにしかないと思うな。

三島　君はずいぶん西洋的だなあ。（笑い）ぼくはそういう点では、つまり守るべき価値ということを考えるときには、全部消去法で考えてしまうんだ。つまりこれを守ることが本質的であるか、じゃここまで守るか、ここまで守るかと、自分で外堀から内堀へだんだん埋めていって考えるんだよ。そしてぼくは民主主義は最終的に放棄しよう、と。あ、よろしい、よろしい。言論の自由は最終的に放棄しよう。よろしい、よろしいと言ってしまいそうなんだ、おれは。最後に守るものは何だろうというと、神器《じんぎ》しかなくなっちゃうんだ。

石原　三種の神器って何ですか。

三島　宮中三殿だよ。

石原　またそんなことを言う。

三島　またそんなこと言うなんていうんじゃないんだよ。なぜかというと、君、いま日本はナショナリズムがどんどん侵食されていて、いまのままでいくとナショナリズムの九割ぐらいまで左翼に取られてしまうよ。

石原　そんなもの取られたっていいんです。三種の神器にいくまでに、三島由紀夫も消去されちゃうもの。

三島　ああ、消去されちゃう。おれもいなくていいの。おれなんて大した存在じゃない。

石原　そうですか、それは困ったことだなあ。（笑い）ヤケにならなくていいですよ、困ったな。

三島　ヤケじゃないんだ。

石原　三種の神器というのは、ぼくは三島さん自身のことかと思った。

三島　いや、そうじゃない。

石原　やはりぼくは世界のなかに守るものはぼく自身しかないね。

三島　それは君の自我主義でね、いつか目がさめるでしょうよ。

石原　いや、そんなことはない。

三島　そこまで言ってしまってはおしまいだけど、ぼくは日本文化というものを守るということを考える場合に、何を守ったらいいのかといつも考えてきたですよ。歌舞伎やお能というのは、共産社会になったって絶対だいじょうぶですよ。レニングラード・バレーと同じで、いつまでもだれかが大事にしてくれますよ。それからお茶だって、お花だって、こんなものは共産社会になっても生き延びますね。それなら日本文化が生き延びれば、おまえいいじゃないか、と。法隆寺だろうが、京都のお寺だろうが、いまあんなものをこわす馬鹿な共産社会はないですよ。皆いい観光資源になっていますから……。古典文化というものは大体生き長らえるでしょうね。最後に生き長らえないものは何かというと、共産社会では天皇制はまず絶対に生き長らえないでしょう。それからわれわれが毎日書いているという行為は生き長らえないでしょう。というのは、これから先に手が伸びようとするとき、その手をチェックするでしょうね、いま生きている手はね。従って、いまわれわれがこうして書いている手と、天皇制とは、どこか禁断のものという点で共通点があるはずなんです。

生きている手というものと、天皇制というものの関係は何だろうと考えると、ぼくは天皇制の本質というのを前からいろんなことを言っているんですけど、文化の全体性というものを保証する最終的根拠であるというふうに言っている。というのは、天皇制という真ん中にかなめがなければ、日本文化というのはどっちへいってしまうかわからないですよ。昔からそういう性質を持っているんです。それでこのかなめがあるから、右側へ行ったものは復元力で左側へ来て、左側へ行ったものは復元力でまた右側へ行く。中心点にあるかなめが天皇だというふうに考える。

日本文化というものはいままでどういう扱いを受けてきたかというと、明治以降日本文化というものは近代主義、西欧主義に完全に毒されて、その反動が来て日本文化からほとんどエロティックな要素は払拭されちゃった。戦争中のような儒教的な、ぎりぎりの超国家主義的な日本文化になっちゃった。今度、逆になってきたら、だらしのないエロティックな日本だけがわっと出てきてしまった。快楽主義、刹那主義、だらしのなさね。そのかわり、そのなかに日本文化のいいものももちろん出てきた。戦争時、禁圧されていたいいものが一ぱい出てきた。そうすると日本の近代史というのは、文化の全体を保証しないようにいつも動いてきているんですよ。

それじゃアメリカの民主主義ははたして日本の文化の全体を保証したかというと、たとえば占領軍が来て一番初めに禁止したのは、「忠臣蔵」ですね。歌舞伎の復讐劇ですね。

それからチャンバラとか、殺伐な侍の芝居を禁止しましたね。そのとき舟橋聖一らのエロ小説は全部解禁された。エロティックなことは何を書いてもいいという時代がしばらく続いたでしょう。そして思想的にもあらゆるものが解放された。解放されて日本文化が復活したかというと、そうじゃないところがおもしろいんだ。文化というのはそういう形に置かれたときに、またへんぱなものになっちゃう。文化の全体性というのはいまないんですよ。こんなに言論が自由であるように思われるけれども、何も全体性というものがないですよ。そして文化というものはただだらしのないものになっちゃった。創造意欲が少しもなくなって、あわれなものになっちゃったんですよ。するとアメリカ的民主主義というのは、文化としては日本文化の全体性を回復したとは思わない。やはり一面性だけしか回復しなかったんだと思いますね。戦争中のああいうものを一面性しか回復しなかった。おまえの求める文化の全体性というのは、それではいつの時代にそれが実現されたんだというと、徳川時代もだめだった。徳川時代は幕府が一所懸命禁圧してだめだった。それから平安時代は貴族文化だけですからね。

そういうふうにどの時代の政治形態も、政治形態というのは文化の全体性を腐食するような方向にいくんです。だからぼくは政治はきらいなんです。政治はきらいなんですが、ぼくにとって最終的な理念というのは、文化の全体性を保証するような原理。そのためなら命を捨ててもよろしいということをぼくはいつも言っているんです。保証する原理というのは、この世の地上の政治形態の上にはないですよ。ですから三派が直接民主主義なんてことを言うと、どうして日本に天皇があるのに直接民主主義なんてことを言うんだ、あいうものがあるんだから、君らの求めるそういう地上にないような政治形態を天皇に求めればいいじゃないかって言うんですよ。ぼくは天皇を決して政治体制とは思っていませんけれども、ぼくは文士ですから、文士というものはいつも全体性の欠如に対して闘う、という観念を持っている。われわれの書くものが石原さんの言うような自由であるためには、無意識の自由、意識された自由、政治形態としての自由、何の自由なんてものは問題ではない。文化が、日本の魂があらゆる形で四方八方へ発揮されなければ……。

男の原理を守る

石原　しかし文化というのはどこの国でもそういうものでしょう。

三島　ええ、でも、日本じゃそういうことはないはずなんです。天皇がいるから。

石原　いや、だってそれは違うんじゃないかな。振れ動くものが戻ってくる座標軸みたいなものでしょう、天皇と三種の神器というのは。だけど、ぼくはやはりそれは違うと思うんだな。つまり天皇だって、三種の神器だって、他与的なもので、日本の伝統をつくった精神的なものを含めての風土というものは、台風が非常に発生しやすくて、太平洋のなかで日本列島だけが非常に男性的な気象を持っていて、こんなふうに山があり、河があるということじゃないですか。ぼくはそれしかないと思うな。そこに人間がいるということだ。

三島　君は風土性しか信じないんだね。
石原　結局そういうところへ戻ってきちゃうんですよ。それしかない。
三島　戻ってきても、風土性から文化というのが直接あらわれるわけじゃないよ。
石原　もちろんそうですよ。天皇とか、三種の神器を座標軸に持ってくるのは簡単だけれども、それだってやはり日本の風土とか、伝統をつくった素地というものが与えた伝統的の一つでしかなく、一番本質的なものではないんだな。ただの一つの表象です。
三島　いや、伝統が一つしかないと言うけれど、伝統的にはいろんな多様性があるでしょう。その多様性がある伝統のうち九割ぐらいまでは、共産主義だろうが何だろうがほうっておいたっていいんだよ。僕が伝統主義者であれば何も闘う必要はない。これからの世界は、かつてのソビエトみたいな共産主義では長続きしません。ある程度、伝統文化も包含するでしょう。たとえば、ぼくがあなたのように単なる伝統保存主義者であり……。
石原　いや、ぼくはそうは言わない。伝統は別に総《すべ》て保有しなくてもいい。いろいろ形で我々が伝統から逃れられないとも思わない。
三島　伝統の多様性というものを守るためには闘う必要はないんだ。伝統なんかたった一つだけ守ればいいんだ。絶対守らなきゃあぶないものを守ればいいんだ。守らなきゃたいへんなものを。そうすればほかのものは、たいていだいじょうぶですよ。
石原　そうかなあ。結局そういうものがあるから、歴史というものはいつも右、左に振れる。座標軸ははずしたっていいんじゃないんですか。はずしたほうがかえっていいんじゃないかな。

三島　いやいや、ぼくは君みたいなそんな共和論者じゃない。

石原　そうすると、とらえどころがなくなるというのですか。しかし風土はあるよ。

三島　文化の統一性と、文化というものの持っているアイデンティティーというものを、全然没却しちゃう、そういうことをしたら。

石原　ああ、そうか。三島さん、かつての文化論は取り消したんだな。

三島　そうそう。（笑い）だってアイデンティティーというのは、最終的にアイデンティティーを一つ持っていればいいんだ。言わば指紋だよ。君とおれとは別の指紋を持っている。ナショナリズムでも何でもない。指紋が違う。それで文化を守るということは、最終的にアイデンティティーを守ることなんだ。それ以上のもの、文化全体というか、ほかの守らないでいいものは一ぱいありますよ。

石原　自分をアイデンティファイする対象というのは、実は自分が意識でとらえ切れなくなっている本質的な自己であって、ぼくはそれしかないと思いますね。

三島　それに名前をつければいい。その本質的な自己というのは……。

石原　だからそれは三種の神器じゃないんだな。もっと、何と言うか、日本列島の気象でもいい。もっと始源的な存在の形じゃないですか。

三島　つまり全然形のない文化を信じるとすれば、目に見える文化は全部滅ぼしちゃったっていいんですよ、そんなものは。それからあなたの作品も、ぼくの作品も地上から消え失せて、京都のお寺から何からみんな要らないんですよ。そしてただ形のないものだけ守っていればいいんですよ。それは本土決戦の思想なんだよね、そこまで行っちゃえば。つまり焦土戦術だね。軍が考えたことはそういうことだったと思うんだ。つまり国民の魂というものは目に見えないものでいいんだ。信州に皇室の御行在所《ごあんざいしょ》とか、いろいろつくっただろうけれど、これは形だけのことで、軍の当局者にとっては、彼らは焦土戦術をやるつもりだった。日本は全部滅びても、日本は残るだろう、と。

石原さんの考えというのは、最終的に目に見えないものを信ずることによって人間が闘えば、結局あらゆるものを譲り渡して闘わなければならない、何かのアイデンティティー、目に見えるものというものを持っていなきゃ、形というものは成立しない。形が成立しなきゃ、文化というものは成立しない。文化というのは形だからね。形というものが文化の本質で、その形にあらわれたものを、そしてそれが最終的なもので、これを守らなければもうだめだというもの、それだけを考えていればいいと思う。ほかのことは何も考える必要はないという考えなんだ。

石原　やはり三島さんのなかに三島さん以外の人がいるんですね。

三島　そうです、もちろんですよ。

石原　ぼくにはそれがいけないんだ。

三島　あなたのほうが自我意識が強いんですよ。(笑い)

石原　そりゃア、もちろんそうです。ぼくはぼくしかいないんだもの。ぼくはやはり守るものはぼくしかないと思う。

三島　身を守るということは卑しい思想だよ。

石原　守るのじゃない、示すのだ。かけがえない自分を時のすべてに対立させて。

三島　絶対、自己放棄に達しない思想というのは卑しい思想だ。

石原　身を守るということが?……。ぼくは違うと思う。

三島　そういうの、ぼくは非常にきらいなんだ。

石原　自分の存在ほど高貴なものはないじゃないですか。かけがえのない価値だって自分しかない。

三島　そんなことはない。

石原　風土も伝統もけっこうだけど、それを受け継ぐ者がいる。それがなけりゃ、そんなものあったって仕方ない。ぼくがとても好きなマルロオの言葉に「死などない、おれだけが死んでいく」、ぼくの存在がなくなったときに何ものもが終焉していい。自分の書いてきたものもその時点でなくたっていい。結局、自分が示して守るものというのは、自分の全存在つまり時間的な存在、精神的な存在、空間的な存在、生理的な存在、それしかない。それを守るということは、それを発揚するということです。

三島　だけど君、人間が実際、決死の行動をするには、自分が一番大事にしているものを投げ捨てるということでなきゃ、決死の行動はできないよ。君の行動原理からは決して行動は出てこないよ。

石原 そんなことはない。守るというのは「在らしめる」ということ。そのためには自ら死ぬ場合だってある。

三島 それじゃ現実に……。

石原 献身、奉仕だってある。自分に対する献身もあるでしょう。

三島 それは自己矛盾じゃアないか。自分に対する奉仕のために自己放棄するなんてばかなやつは世のなかで聞いたことがない。

石原 いや、そうですよ。はっきりありますよ。他者というのはぼくの内にしかないんだもの。

三島 君の自己放棄というのは自分のために自己放棄して……。

石原 ぼくのなかにある他者というもの……。たとえばこの間もテレビへ出て、何のために政治をやりましたか、ぼくのためにしましたっていったら、すぐ主婦が、「エゴイズムですか」「そのとおりエゴイズムです」って言ったら、「私はあの人に一票を投じて惜しかった」と朝日新聞に投書をして、朝日新聞がまたそれを得々として載せた。どうせわからんだろうと思ったけど、あえて言ったんだ。何もぼくは自分の政治参加を雄々《おお》しいなんて思っていませんよ。しかしそこにある一つの犠牲みたいなものがあっても、それはぼくのうちに在るもの、つまり友人があったり、家族があったり、民族があったり、国家があるわけでしょう。そのためにしたんだ。しかしそんなものはぼくの存在が終わったら全部なくなっちゃううね。しかしそれが伝統になるんだ。

三島 それじゃ君、同じことを言っているんじゃないか。つまり君の内部にそういう他者を信じるか、外部に他者を信じるかの差に過ぎないでしょう。
石原　ぼくは内部にしか信じない。
三島　他者というものは内部にいるか、外部にいるか、どっちかだって君は言うわけでしょう。君は内部に他者を置いて、その他者にディボーションするんでしょう。そういうものは君のなかにある他者なんで、だれが一体そんなものを信じるんだ。
石原　それは信じられんでしょうね、僕以外。大体ぼくは人間が他人を信じるなんて信じられないな。
三島　君は絶対、単独行動以外できないでしょう。
石原　そう思います。だから派閥をつくれって言われても人間を信じては派閥なんかつくれない。
三島　絶対の単独行動でどうして政治をやるんですか。
石原　だからそこはとても自己矛盾でね。しかし、やはりそこで我を折り、複数の行動をすることも自己犠牲の奉仕でしょ。しかし数というのは、外づらの問題だ。
三島　もうすでに君は何かの形でディボーションやっているんだ。意識しないディボーションをやっているんだ。
石原　そりゃ意識していますよ。
三島　あまり意識家でもないけどな。
石原　それは江藤淳が言うことだ。(笑い)　ぼくはこのごろ三島さんなんかより意識家になった。

三島　だんだん逆になってきたな。しかしぼくはやはりサクリファイスということを考えるね。一番自分が大事に思っているものは大事じゃないんだ、と。

石原　じゃ同じことを言っているわけです。ぼくだってやはり自分をサクリファイスしていると思うんだ。ぼくが思わなくても他人がそう思うでしょう。

三島　少なくとも君が政治をやるというのもサクリファイスだよ。

石原　そりゃそうだな、自分で言うことじゃないけれど。

三島　文学というものは絶対的に卑怯なもので、文学だけやっていればセルフ・サクリファイスというものはないんですよ。人をサクリファイスすることはできても。

石原　ぼくもそう思う。ぼくも三島さんが言ったと同じことを、あるところに書いた。男とは何か。ぼくはやはり自己犠牲だと思う。そこにしか美しさはないんじゃないか。だから小説家というのは全然雄々しくないって。

三島　そのとおりだな。小説家で雄々しかったらウソですよ。小説家というのは一番女々《めめ》しいんだ。生き延びて、生き延びて、どんな恥をさらしても生き延びるのが小説家ですね。文学というのは絶対雄々しくない。文学だけで雄々しいポーズをしてみてもしようがないんだ。ウソをつかなきゃならない。

石原　いま三島由紀夫における大きな分岐点は、非常に先天的と思ったもの、肉体というものが後天的に開発できるということを悟ってしまったことだな。

三島　そうなんだ。それはたいへんな発見だ。

石原　三島さんはやっと男としての自覚を持ったと思うんだ。それは、三島由紀夫が三島由紀夫になるよりあとに持ったんだな。それで非常に大きな変化が三島さんにきて……。

三島　困っちゃったんだ。（笑い）

石原　さっきも居合抜きを見せてくれたけど。（笑い）筋肉がくっついて三島さん、ほんとに困ったと思う？

三島　困っちゃったんだよ。

石原　いまさら女々しくなれないでしょう。

三島　いまさらなれない。そうかといって文学は毎日毎日おれに取りついて女々しさは要求しているわけだ。それでしようがない、おれの結論としては、文学が要求する女々しさは取っておいて、そのほか自分が逃げたくても逃げられないところの緊張を生活の糧にしていくよりほかなくなっちゃったね。もし運動家になり、政治運動だけの人間になれば、解決は一応つくんだけれども。

石原　「楯の会」では、まだクーデターはできない。そこに悩みがある。

三島　しかしまだ自民党代議士、石原慎太郎も大したことはないし、まだまだおれも先があると思っている。（笑い）

石原　いまの反論はちょっと弱々しかった。（笑い）しかしほんとにぼくは思うな。三島さんのテンペラメントというのは、最初から肉体を持っていたら……。（笑い）

三島　別のほうに行ってたんだよ。

石原 行っていたね。

三島 だけど、いまさらどっちもね。困っちゃったんだ。

石原 そして自分で効率よく自分を文豪に仕立てた責任もあるしね。ああいう政治能力をほかに発揮したらどうですか。

三島 また……。おれがいつ政治を使いましたか。(笑い)

石原 しかし、その筋肉の行き場所がないというのは困りますね。

三島 困りますね、ほんとうに。小説を書くのにこんなもの全然要らないんですからね。困っちゃうね。(笑い)

石原 だけど三島さん、個人の暴力の尊厳というものをいまの学生というのは知らないですね。

三島 そうだね。ほんとに集団にならなきゃ何もできない。個人は弱者だと思っている。

石原 彼らによって守らなくちゃならないものに個人がないんだ。ぼくはときどき言うんだけれども、行きすがるときにいきなりつばをはきかけられて、とがめて顔をふいてもらってもどうにもならんでしょう。やはりなぐるか、切るかしなければいけない。そういう行動に出ると、暴力はやめて下さいということになる。しかしその場合に暴力でなかったら守れないものがある。

三島 そりゃそうですよ。そのときはやる。

石原 現代の社会には名誉というものがないと思うな。

三島 それを守らなくちゃ名誉はないわけだが、しかしそれは自分を守るということと別じゃないかな。つまり男を守るんだろう。

石原　結局、自分を守ることじゃないですか。

三島　それは、ある原理を守ることだろう。

石原　男の原理。現代では通用しなくなった男の原理。

三島　男というのは動物ではない、原理ですよ。普通男というと動物だと思っているんだ。女から言うと、男ってペニスですからね。あの人、大きいとか、小さいとか、それは女から見た男で、女から見た男を、いまの世間は大体男だと思っているんだろうがね。ところが、男というのはまったく原理で、女は原理じゃない、女は存在だからね。男はしょっちゅう原理を守らなくちゃならないでしょう。その原理というものは、石原さんが言うように自分だとはぼくは思わないですよ。自分ならそんな辛い思いをして原理を守る必要はない。自分を大事にするんだったら、つばをはきかけられても、なるたけけんかしないでそっとしておいて、かかわりあいにならないで、そばで人が殺されそうになっても、警察に調書を取られるのはたいへんだから、そっと見ないで帰りましょうというほうが、よほど生きるのは楽ですよ。だけどそこで原理を守らなければならないのが男でしょう。

石原　しかし原理はだれのなかにあるんですか。やはり自分のなかにしかないでしょう。実は自分の方が先にあるんです。

三島　自分のなかにしかないけれども、男という原理は内発的なものでもあると同時に、最終的には他人が見ていてみっともないからですよ。

石原　そうかな。ぼくは人がいないところでもなぐるな。三島さんだってそうだと思う。人がいないときに何かやられたら、やはり刀を抜くでしょう。

三島　そりゃそうだ。

石原　この前の対談で雑誌社の人間がいなかったら、いいだももを切ればよかった。(笑い)

三島　刀のけがれになるよ、あんなの切ったら……。これちゃんと速記しておいて下さいね。(笑い)

石原　これは遠吠え、遠吠え。

三島　あの人は口から先に生まれたんだ。

石原　全く口から先に生まれた。(笑い)

三島　どうにもならんですよ。生まれてオギャーという前に共産党宣言か何か叫んだんじゃないかね。

ところで、われわれは左翼に対してごちそうを出し過ぎていますよ。みんな食べられてしまう。われわれが一所懸命つくった料理を出すと、みんな食べられちゃうんです。カラスが窓からはいってきてみんな食っちゃう。左翼に食べられちゃったものは、第一がナショナリズム、第二が反資本主義、第三が反体制的行動だと思うんだ。この三つを取られてしまうと困っちゃうんだ。四つ目のごちそうはまだ取られていない。天皇制ですね。ここにおいてどうするんです。

石原　それはたいへんな深謀遠慮ですな。(笑い)

三島　なぜ？　ここにおいてどうするんですか。

石原　そりゃラオスにもシヤヌークやプーマ殿下なんているからね。

三島　いるけれども、日本はラオスまではいかんと思うんだ。ぼくはそういう考えですよ。ですからこのギリギリの一線、これは丸薬なんです。苦い薬なんです。だからみんななかなか飲みたがらない。石原さんなんかさっきから飲みたがらないでじたばたしているでしょう。

石原　いや、そんなことはない。

三島　これを飲むか飲まないかという問題で闘うんじゃないです。ごちそうはみんな食われちゃった。甘い味がつけてありますからね。

石原　それはちょっと違うな。それほどごちそうじゃないな。

三島　ほかのものだよ。ほかの三つのものはごちそうだ。それで最後に丸薬だけ取ってあるんだ。これは天皇だ。この丸薬はカラスは食わないですよ。食えと言ったって食わないんだ。なぜかというとカラスは利口だからね。この丸薬を食ったら、カラスがハトになるかもしれない。たいへんなことになる。カラスがカラスでありたいためには、それを食わんでしょう。だからぼくは丸薬をじっと持っているんです。もう、どう言われてもこの丸薬を持っている。これは味方うちも、敵も、なかなか飲みたがらない丸薬です。どうでも、こうでも……。

石原　三島さんのように天皇を座標軸として持っている日本人というのは、とても少なくなってきちゃったんじゃないかしら。

三島　君、そう思っているだろう。だけどこれから近代化がどんどん進んでポスト・インダストリアリゼーションの時代がくると、最終的にそこへ戻ってくるよ。

石原　戻るのはいいけれど、天皇をだれにしようかということになるんじゃないかな。

三島　いやいや、そんなことはない。明治維新にはそんなことを考えたんだ。たとえば伊藤博文も外国へ行く船のなかで、共和制にしようかって本気に考えたんだ。ところが日本へ帰ってきてまた考えなおしたんだね。竹内好《たけうちよしみ》なんかは君と違って、もっとずっと先を見てるよ。コンピューター時代の天皇制というのはあるだろう、それがおそろしいっていう。ポスト・インダストリアリゼーションのときに、日本というものも本性を露呈するんじゃなかろうか。いまは全く西洋と同じで均一化していますね。だけどこいつを十分取り入れ、取り入れ、ぎりぎりまで取り入れていった先に、日本に何が残っているというと天皇が出てくる。それを竹内好は非常におそれているんですよ。非常に洞察力があると思いますね。

石原　それはそうじゃアないな。竹内好のなかに前世代的心情と風土があるだけです。

三島　その風土が天皇なんだよ。

石原　そうじゃない。それはただ時代とともに、それが変わってきているんだな。

三島　ぼくは変わってきていると思わない。ぼくは日本人ってそんなに変わるとは思わない。

石原　ぼくのいうのは、つまり天皇は日本の風土が与えた他与的なものでしかないということで、風土は変わらんですよ。われわれの本質的な伝統というものは変わらないけど、天皇というものは伝統の本質じゃないもの。形でしょう。

三島 だけど君、どうしてないなんていうの。歴史、研究したか。神話を研究したか。（ふん然と怒る）

石原 しかし歴史というものの骨格が変わってきているじゃないですか。日本の歴史の特異点は、日本にとって、いつも海を隔てた大陸から来るメッセージというものがある。しかしそれは必ずしも系統だってない。

たとえば仏教。それを濾過《ろか》することで日本文化はできてきたんでしょう。政治の形は、そんな文化造形の前からあったが、しかしその規制は受けた。天皇制が文化のすべてを規制したことは絶対にない。いずれにしても日本の伝統の本質的条件がつくったものの一つでしかないと思うな、天皇は。

三島 それはもう見解の相違で、どうしようもないな。つまりぼくは文化というものの中心が天皇というもので、天皇というのは文化をサポートして、あるいは文化の一つの体現だったというふうに考えるんだから。

石原 文化というのは中心があるんですか。

三島 必ずあるんだ。君、リシュリューの時代、見てごらん。

石原 いや、中心はあるけど、その中心というのはあっちへ行ったり、こっちへ行ったりするんだなあ。

三島 それじゃリシュリューの時代の古典文化、ルイ王朝の古典文化というものは秩序ですよね。そして言語表現というのは秩序ですよ。その秩序が、言語表現の最終的な基本が、日本では宮廷だったんです。

石原　だけど、その秩序は変わったじゃないですか。

三島　いくら変わってもその言語表現の最終的な保証はそこにしかないんですよ。どんなに変わっても……。

石原　そこにしかないってどこですか。

三島　皇室にしかないんですよ。ぼくは日本の文化というものの一番の古典主義の絶頂は『古今和歌集』だという考えだ。これは普通の学者の通説と違うんだけどね。ことばが完全に秩序立てられて、文化のエッセンスがあそこにあるという考えなんです。あそこに日本語のエッセンスが全部できているんです。そこから日本語というのは何百年、何千年たっても一歩も出ようとしないでしょう。一つも出てないですね。あとのどんな俗語を使おうが、現代語を使おうが、あれがことばの古典的な規範なんですよ。

天皇制への反逆

石原　三島さん、変な質問をしますけど、日本では共和制はあり得ないですか。

三島　あり得ないって、そうさしてはいけないでしょ。あなたが共和制を主張したら、おれはあなたを殺す。

石原　いや、そんなことを言わずに。（笑い）もうちょっと歩み寄って。その丸薬、ぼくは飲めない。

三島　きょうは幸い、刀も持っている。（居合い抜きの稽古の帰りで、三島氏は真剣を持参していた）

石原　はぐらかさないで。つまり、日本にたとえば共和制がありえたとしたら、日本の風土とか、伝統というのはなくなりますか。

三島　なくならないと言ったでしょ。伝統は共産主義になってもなくならないと言ったじゃないですか。

石原　それをつくったもっと基本的な条件はなくなりませんか。

三島　なくなります。

石原　ぼくはそう思わない。

三島　絶対なくなる。

石原　それはもっと土俗的なもので、土俗的ということもちょっと夾雑物《きょうざつぶつ》が多過ぎるけれど、本質的なものはなくならないと思いますね。ぼくは何も共和制を一度だって考えたことはないですよ。

三島　そりゃまあ命が惜しいだろうからそう言うだろうけど。

石原　ぼくだって飛び道具を持っているからな。

三島　そこに持ってないだろ。

石原　あなたみたいにナイフなんか持ち歩かない。

三島　だけど文化は、代替可能なものを基礎にした文化というのは、西洋だよ、あるいは中国だよ。日本はもう文化が代替可能でないということが日本文化の本質だ、というふうにぼくは規定するんだ。だから共和制になったら、代替というものがポンと出てくる。代でかわることだよ。共和制になったら日本の文化はない。

石原　つまりシステムというのはほんとに仮象でしかないね。

三島　仮象でいいじゃないか。だって君、政治が第一、みんな仮象であるということもよくわかっているんだろ。

石原　ようくわかっていますよ。だけどやはりそのなかにぼくがいるんだもの。これは、ぼくは実象ですよ。

三島　もう半分仮象になりかかっているじゃないか。

石原　そんなことないよ。(笑い)そういう言いがかりはけしからんな。(笑い)

三島　いまのは訂正しましょう。しかしぼくも依怙地《いこじ》ですからね、言い出したらきかないです。いつまでもがんばるつもりです。

石原　何をがんばるんですか。三種の神器ですか。

三島　ええ、三種の神器です。ぼくは天皇というものをパーソナルにつくっちゃったことが一番いけないと思うんです。戦後の人間天皇制が一番いかんと思うのは、みんなが天皇をパーソナルな存在にしちゃったからです。

石原　そうです。昔みたいにちっとも神秘的じゃないもの。

三島　天皇というのはパーソナルじゃないんですよ。それを何か間違えて、いまの天皇はりっぱな方だから、おかげでもって終戦ができたんだ、と、そういうふうにして人間天皇を形成してきた。そしてヴァイニングなんてあやしげなアメリカの欲求不満女を連れてきて、あとやったことは毎週の週刊誌を見ては、宮内庁あたりが、まあ、今週も美智子様出てこられる、と喜んでいるような天皇制にしちゃったでしょう。これは天皇をパーソナルにするということの、天皇制に対する反逆ですよ。逆臣だと思う。

石原　ぼくもまったくそう思う。

三島　それで天皇制の本質というものが誤られてしまった。だから石原さんみたいな、つまり非常に無垢《むく》ではあるけれども、天皇制反対論者をつくっちゃった。

石原　ぼくは反対じゃない、幻滅したの。

三島　幻滅論者というのは、つまりパーソナルにしちゃったから幻滅したんですよ。

石原　でもぼくは天皇を最後に守るべきものと思ってないんでね。

三島　思ってなきゃしようがない。いまに目がさめるだろう。（笑い）

石原　いやいや。やはり真剣対飛び道具になるんじゃないかしら。（笑い）しかしぼくは少なくとも和室のなかだったら、ぼくは鉄扇で、三島さんの居合いを防ぐ自信を持ったな。

三島　やりましょう、和室でね。でも、君とおれと二人死んだら、さぞ世間はせいせいするだろう。（笑い）喜ぶ人が一ぱいいる。早く死んじゃったほうがいい。

石原　考えただけでも死ねないな。

エロスは抵抗の拠点になり得るか

寺山修司

〈『潮』昭和45年7月号〉

「訓練」が認識と行動のパイプ

三島　寺山さん、あなたが主宰する「天井棧敷」、芝居はなかなかおもしろいじゃないか。ぼくも何回か見ましたがね。

寺山　ぼくは少年時代に三島さんにファンレターを何度も書きました。返事は来ませんでしたが……。

三島　まだ芝居に飽きないかね？　ぼくはほんとに飽きちゃったよ。

寺山　そうですか。でも三島さん自身の演出の「椿説弓張月《ちんせつゆみはりづき》」、腹切る場面は、とてもそんな感じがしなかった。

三島　あれは市川猿之助の工夫なんだよ。ぼくは、あんなに血を出す気はなかった。腹切るときに先に死んだ女房が逆さに倒れてる姿ね、あれは北斎の錦絵そのままにしたいと思ったんですよ。そしたら猿之助が、血が出りゃいいんでしょう、というんで、バーと出しちゃった。とにかく芝居っていうのは、どうしようもなく飽きた。

寺山　ぼくは角兵衛獅子の親方になっちゃったもので、簡単に飽きたとは公言できないのです。（笑い）

三島　六、七年前から、もう芝居は引退だといって暮してた。「椿説弓張月」をやってから徹底的に飽きたね。ぼく、演出っていうのはめったにやらないでしょう。やってみると腹の立つことだらけで……。

寺山　ぼくは劇は現実原則とはべつのエロス的な現実の世界だと思って割り切ってるのです……。

三島　このあいだ、朝日新聞で渋沢龍彦がいってるね。フリー・セックスは擬似ユートピアだって。渋沢さんなら、ああいうべきだと思うね。だって渋沢さんにとっては、エロチシズムは神とスレスレのところで神に背を向けるから、エロティックに高揚するんだから。それはサドだろう。だけど、そうでないセックスなんて、エロティックでもなんでもないわね。

しかしね、ぼくは「四・二八沖縄デー」のデモを見に行って、青山一丁目から新橋までずっと歩道を歩いたんですよ。赤坂で石を投げてるところも見た。ぼくの分析は、もう新左翼は理論的に完全に破綻したと思った。というのは、あれは彼らの嫌いな民青の焼香デモだろう。言訳《いいわけ》はあるな。つまり警察権力が強くなっちゃったから暴力デモはやれないが、大衆動員をやるにはカンパニヤ方式しかない——という言訳だね。だけど、外見上は焼香デモと同じだよ。

彼らは認識が違うといいたいだろう。ところがね、認識にとどまっていてはなにもならない。認識が行動に現われなければ認識でないということは、彼らのいい出したことじゃないか。新左翼は、それしか理論的な根拠がないはずじゃないか。認識が行動に現われないですむものなら、彼らの軽蔑する大学の先生だって、そうやって毎日暮しているわけだ。

といって、こんどは認識が行動に現われるように徹底すれば、赤軍派しかないわけだろう。赤軍派になったら大衆はついてこないことはわかりきっている。そうすると、彼らは何をしようとするのか、それにはもう方法がないよ。つくづくデモを見ていて気の毒に思ったね。

もう一つは、訓練というものの価値がそこにあると思うんだ。認識と行動をつなぐものは訓練だよ。それは兵隊さんのやってることだ。訓練至上主義というか、「兵を百年養うは一日の用にあり」という基本の考えね。新左翼は、それもできないんだよ。

文学的言語と政治的言語

寺山　ぼくは「言葉にすれば何でも自分のものになる」と長い間思ってたのです。ただ、言葉そのものの吟味が問題なんですね。

新左翼、とくに赤軍派に代表される人たちは、政治的な言葉と文学的な言葉を混同している。三月十日に東京戦争が起ると赤軍派の人たちが言ったら、それは文学的な言葉ではあり得ない。それは政治的な言葉でなければいけないんだ。ところが、それが起らないと、いつのまにか文学的な言葉にすりかえてしまう。そのへんに彼らの破綻がみえている――というように三島さんは書いていらした。

三島　そうですね、ぼくのいいたいこともそれですね。

寺山　ぼくも、その範囲で新左翼が政治的じゃない、ということには反対はしません。しかし政治的言語と文学的言語の波打際をなくしていくという、わけのわからない乱世の中におもしろ味があるわけですよ。

三島　でも、それをおもしろがっちゃいけないんじゃないのかね。それでは文学もダメになるし、政治もダメになると思うんだよ。

寺山　両方ダメになってもいいんじゃないかっていう感じがあるんですよ。(笑い)

三島　ぼくはそれを文学のためにも、政治のためにも心配しているんだ。たとえば、ニクソンが十五分間学生としゃべる。政治的言語でしゃべっている。「諸君は反戦を求める、平和を求める、ベトナム撤兵を求める、戦争終結を求める。まったく諸君と同じだ」というんだが、見事だと思ったね。文学的言語を見事に政治的言語にひっくり返している。いっていることは同じだが、片方は文学的言語でいっているつもりなんだ。それを、政治家は政治的言語に翻訳してしまう。日本の政治家はそうはいかないが。

寺山　日本の政治家は政治的言語のボキャブラリーが乏しい。というより、日本人はもともと政治的言語を使い馴れていない国民だったのではないか、という気がします。ぼく自身は文学的言語だけでものを言うので反戦などとは言わない。あらゆる思想はドラマツルギーだというのがぼくの考えで、今では日常も虚構も混同して、言語がアナーキーになってしまっているのです。革命もあんまり早く簡単に起ってもらっては困るが、止めてもらっても困る。じっくり時間をかけてもらいたい。その分だけ楽しみも長くなるでしょう。(笑い)

このあいだ赤軍派事件のあとで、ぼくは取調べを受けましたよ。（笑い）

三島　それはおもしろい。

寺山　カネは出してないだろうが、カネでないものを出してるだろうって、さんざんに絞られましたよ。

三島　ぼくも直接じゃないけどね、学生が尾行されたりしてね、身辺がちょっと騒がしかった。両方やられてるんだよ。（笑い）赤軍派のああいうのを見て、あなたがたはどう思うかって、急にうるさく調べてきたんですよ。

寺山　「体制」という言葉を、ただ国家権力だけと考えると危険なんで、シャツの着方とか、百メートルを何秒で走れるかとか、生活のさまざまの秩序もまた体制ではないか。するとエロスが変革の拠点になり得るような体制は、たしかにいくつかあるだろう。しかし国家権力が持っている体制を変革するためにエロスを役立てようとすると、アメリカのヒッピーみたいな発想しかできなくなるんで、つまらない。

反体制感情はエロティック

三島　エロスというのは、要するに〝欠乏の精神〟でしょう、自分に足りないから何かが欲しいという。エロスっていうのは結局、自分は美しくなくて、美しいものにあこがれている。自分に足りないものがエロスの根元だから、反体制的感情なんて、ほんとにエロティックなものなんだね。佐藤首相は全然エロティックでないよ。

寺山　税務署もエロティックでない。税務署が空想的現実をみとめたらえらいことですからね。

三島　そう。官僚っていうのが大体エロティックでないんだ、自分に欠乏するものを感じたことがないからね。一種の自己満足だから。

寺山　その欠乏を何かで埋めることでエロスが成り立つとしたら、それは何で埋めるんだろう、やっぱり言葉でしょうか。

三島　言葉で埋めちゃいけないと思う。いままで、それで失敗したんだと思うな。

寺山　ジュネに「バルコン」という芝居があります。学校で学長からしぼられている教師に、淫売屋で学長の洋服を貸してくれる。淫売婦は学長さんとして迎える。教師は、学長になったつもりで欲望を満たすわけで、だからきわめてエロティックな満足があるわけです。しかし、団地アパートの夫婦の性生活がちっともエロティックじゃないのは、欠乏がないからではなく埋め合せるものがないからではないですか？

三島　あなたにいわせれば、イリュージョン（幻影）で埋め合せる。そのイリュージョンは芝居だってことになるのだろう。あなたの芝居だってことじゃないよ。

寺山　イリュージョンも、言葉のうちだと思っているわけですよ。魔法使いがいるように「言葉使い」というものがいて、うまくなってくると活字とか言語じゃない言葉を使うんでね。見えない言葉で相手をだますのもエロティシズムのうちです……。

三島　見えない言葉って、スーハーとか、そういうこと？

寺山　いや、それは伴奏の効果音ですよ。（笑い）

三島　ぼくは旧弊な古典主義者だろうが、ロジカルな構造をもたない言葉なんて全然信じない。

寺山　そうなると、犬がアリストテレスの書物の上に座ったりすると、耐えられないでしょうね。（笑い）ぼくはブリジッド・バルドーがカントの『純粋理性批判』なんかも持っているのを見たらエロティックだと思う。

三島　わからないわけじゃないけどね。わからないフリをしてるんだよ。わかったらおしまいだと思うから。

寺山　三島さんは、「おれは江戸っ子だから電車なんて認めないんだ」といって、電車に正面衝突して轢《ひ》かれながら「電車はない！」と言って死んでった人のエピソードを知ってますか？

三島　それは昔からいるよ。たとえば神風連《じんぷうれん》が電線の下を扇子で頭かくして通った。エレキの下を通ると伴天連《ばてれん》の魔法にかかるという話があるだろう。あれは観念だと思う。白扇で頭を被《おお》わなきゃ、とても生きていけないのだよ。それがぼくの言葉なんだ。あなた方は伴天《ばて》連《れん》のエレキでも何でもみんな使おうという精神だろ？

寺山　そうですね。スクラップ回収業ですか。（笑い）

汝は功業、我は忠義

三島　エロスは別として、ぼくは吉田松陰の「汝は功業をなせ、我は忠義をなす」という言葉が好きなんだ。ぼくはいつも石原慎太郎なんか、精神がわかるわけがないと思ってるんだけど、やつは功業しようと思って政治家になったんだろ。ぼくは忠義をするつもりだから政治家にならないよ。ところがいま日本じゃ忠義というのは左翼しかないように思われている。

というのは、野党は全然有効性がないからね。だから無限に功業から遠去かっちゃうわけだ。左翼思想というのは全然功業の範囲がないから、ますます無効性の象徴になってきたんだ。だから青年が忠義しようと思うと、左翼になる他はないんだよ。ぼくはそれがとても腹が立ってたまらないわけだ。左翼以外だって忠義があるんだぞってことを、一所懸命にいっているわけだよ。

忠義っていう点じゃ新左翼だって好きだよ。彼らだって忠義しようと思ってるんだからね。だけど、左翼だけしか忠義がないと思うことないじゃないか。それはエロスの中にも忠義があるだろう。反政治的な行動の中にも忠義があるだろう。ただぼくは功業だけはしたくないという気は猛烈に強い。

寺山　三島さんが賭博《とばく》をおやりにならないというのは、反悟性的とお考えだからですか？

三島　偶然というのは嫌いですからね。偶然が生きるというのは、必然性がギリギリに絞られているときだけだ。たとえばA男とB子が数寄屋橋でバッタリ会う。「やあ、お久しぶり」「よく会えたね、ここで」というのは小説じゃないんですよ。ところが芝居だと舞台の両側から出てきて「やあ、珍しいとこで会ったね」「あなた、会いたかった」っていったっておかしくないんですよ。芝居は必然性のワナですよ。

寺山　必然性というのも、偶然性の一つです。ぼくらは偶然的に宇宙に投げ出されたのだ、とは思いませんか。

三島　思わない。つまり、必然性が神で、芝居のスピリットなんだよ。だから、ハプニングというものを芝居に絶対導入したくないんです。というのは、芝居は必然性があるから偶然性が許されているんで、ギリギリの芝居の線だと思う。

寺山　ぼくは賭博好きで、いつも科学から空想へ歴史をかぞえてます。必然性なんていうのは主に総括とか結果論の中でたしかめられる。だからユートピアはいつでも偶然的です。ユートピアなんて言葉はとてもいやだけど、ぼくは科学より少しはいいんじゃないかと思っている。コンピュータなんかは耐えられないですね。

三島　いやだね。あれ、必然じゃないよ。

寺山　しかしコンピュータが悟性的だと思われる時代が近いうちにやってきた場合に……。

三島　絶対反対だよ。でもそんなことはポール・ヴァレリーがとっくに予見してることだよ、そういう悟性の危機についてね。いまだって至るところで証明されてるじゃないですか。

たとえば、マクナマラ戦術がダメだった。

寺山　あれは偶然だったということで、そのダメさを整理なさるわけですか？

三島　マクナマラというのは必然性じゃなくて、コンピュータが必然と考えられた時代の産物だよ。ダメなのは当り前なんだ。世間では悟性が破れたかのように思ってるじゃないか。そして人間の理性計算が破れて、片っ方には自由があり、ヒッピーがあり、アンフォルメルがあり、そういうものがマクナマラ戦術に勝ったんだと思っているじゃないか。ベトナム反戦っていうのはそういう思想じゃないか。僕はそういう考え方は嫌いなんだよ。

寺山　「出会い」がすべて必然だと考えるとこわいですよ。三島さんは昔、明日なにが起るかわかっていたら、明日まで生きるのはおもしろくない――と書いていましたが、ロマネスクの構造というのはむしろ世界の偶然性です。

三島　ドン・キホーテが不思議なことにぶつかるのは偶然じゃないよ。ドン・キホーテの性格のなせるわざだろう。

寺山　性格は食い物できまったりするんで、たまたま何を食ったか、近所にどういう食い物屋があったかという偶然性できまる。偶然じゃない性格ってのはファシストに支配されている人間にしかないんじゃありませんか？

三島　ドン・キホーテは夢想家だ。夢想家がこの世で遭《あ》うことといったら、風車とか。だからぼくはドン・キホーテさ。ぼくはどこまで行ったって、そんな現実には出会いっこないですよ。あくまで観念。ぼくはその必然性の中にはいってるんだから、ハプニングなんかありようがない。

歴史の過ちは悟性か理性か

寺山　長い間、歴史が犯してきた過ちは悟性が犯してきて、その尻拭いを情念がしてきたわけでしょう。にもかかわらず、たまたま狂気や情念が過ちを犯して、いつも悟性は父親のごとく、それを整理、分析したかのごとくみせてきた歴史科学も悟性の産物です。最大の悪役は悟性です。

三島　でもバートランド・ラッセルはいってるんだよ。現代で狂気を演じるのは理性しかない――と。

寺山　しかし、狂気を演じているときでも、片眼は世界を見てなければいけないのでしょうか？

三島　それは理性の特徴だろうね。それで酔ったりね……。

寺山　ああ、酔っぱらいは、これは悟性の演じる狂気ってやつです。あれは、いやですね。

三島　いやです。ＬＳＤ飲むやつ嫌い、麻薬飲むやつ大嫌い。第一、セックスが麻薬でいいなんてことは信じませんよ。頭が明晰でないセックスなんて、ちっともよくない。

寺山　悟性はダメで、偶然性しかないのだといういい方をする悟性の方が、執念深く長生きしていくのです。

三島　長生きするとか、長もちするとか、全然考えないものね。あなたのいってることは芸術行為だろう。芸術行為でそんな長もちするなんて考えないもの。芝居やってて、どうしてそんな考え持つの？　それは一夜の歓楽だけじゃないか。小屋出たら、もう何もないでしょう。

寺山　ぼくは一夜の歓楽までも必然性だと思ってしまうのはこわいです。悟性の下男にしかすぎない肉体っていやじゃないですか？　ぼくは、「笑え」と書いた台本を渡すといつでも笑う役者というのは、とても気持が悪い。

三島　それは同感だよ。(笑い)気持が悪い。杉村春子が、あたし泣きたいと思えばいつでも泣けるって……ボタンを押すと涙が出てくるらしいんだよ、すごいね。

ボディビルの原理

寺山　しかし三島さんは、そういう人は素晴しいという視点に立っておられるわけですか？

三島　そう。そういう人を使わなければ、ぼくの必然性の芝居ってのはできない。

寺山　ステージの上に一人の男が立っていて、勃起したまえというと、イリュージョンを使って、パーッと勃起するというのが素晴しいわけですね。

三島　ボディビルの原理って、そこにあるんだよ。からだの中から不随意筋をなくそうというんだ。

寺山　つまり、肉体から偶然性を追放するんですか？

三島　そうなんだよ。たとえば、この胸見てごらん、音楽に合せていくらでも動かせるんだよ。（胸の筋肉を動かして見せる）あなたの胸、動く？

寺山　ぼくは偶然的存在です……。（笑い）

三島　ある晩、突然動いたりしてね。

寺山　でも、たかが五尺七寸の体の中にどんな黄金がかくされているかという幻想でも残しておかないとたのしみがない。体の構造をすべて知りつくすと、中にあるのは水分とセンイだけですよ。三島さんの中にあるのは……。

三島　君の方が長生きするわ。不随意筋を動かすことは、何にも役立たないからおもしろい。

寺山　〝三島由紀夫の上半身を動かす夕〟なんてどうです？（爆笑）天井桟敷で。

三島　リサイタルか。

寺山　これも一つの反体制運動です。子どものころ歯はヨコにみがくんだと教わっていたのに、ある日突然にタテにみがけといわれたとき、何か権力が交代したという印象を受けましたからね。歯を自由に入れたり取替えたりできなければ、それは抵抗できないわけですよ。

ポーに『使い切った男』という小説がありますね。楽屋で絶世の美男俳優がまず義手を外す。次に義足を外す。それから義眼を外す。そうして部屋から〝おれの出番はいつだ？〟っていう声だけが聞える。ボディビルっていうのはどうもそんな印象で、ぼくはそれを読んだとき、ボディビルってのはおそろしいなと思いました。

三島　おそろしいね。奇怪なものだよ。ところで、こんどはどこへ行くの？

寺山 アメリカです。言葉のわからないところで演出するんです。去年は西ドイツでやりました。ドイツで、役者はぼくのドイツ語の台本を持っている。ぼくはわからない。ここで笑うところだなというと、ハッハッと笑ってみせたりするわけですよ。だから〝言葉使い〟の極意は、もはや意味ばなれじゃないかと思う。

三島 ベントールが「ロメオとジュリエット」を日本でやったときも同じだよ。「ヘヤー」をやって失敗したけれど、演出家はまったく日本語がわからない。これは致命的だよ、やっぱり。セリフがいかに下手かっていうことがわからない。こわいね、言葉は。

アメリカで絶対タブーとなっているのに「マザー・ファッカー」というのがある。ところが佐藤首相がコロンビア大学で名誉教授のローブ（礼服）をもらうときに、学生がみんなでマザー・ファッカーと叫んだ。最大の侮辱だけど、はじめは佐藤首相はニコニコして手を挙げていた、という話を聞いたよ。

寺山 母親と寝る男って、どうしていけないのですか？

三島 どうしてだろうね。キリスト教が近親相姦を禁じてる。あれからきてるんだろう。

カソリックの財産は〝罪〟

寺山 バゾリーニの映画なんか観《み》てると、たかが母親と寝るぐらいで、どうしてあんなに悩んだりするんだろうと思って滑稽だったたな。

三島　この間あったじゃない、ヴィスコンテイの映画。そんな場面が長々とある。

寺山　でもあんなに耽美的に大げさにやるのは、本人のイリュージョンが豊かだってことを映像の中で自慢しているということでしょうか。

三島　耽美的に大げさに見せたっていうことは、ドイツってことだよ。イタリー人がオフクロとやるときはあんなじゃないだろ。

寺山　イタリーの農村あたりへ行ったら、毎日どこでもやってるんじゃないですか。北海道、いや青森だってやってますよ。大雪が降って、兄と妹がいて、両親が隣りの町まで行って、寒い、こわい、やりますよね。当り前じゃないかと思う。要するに、セックスを生殖機能と結びつけて解説した性教育というのが、実にバカげていたわけで、トルストイなんかの性意識はきわめてまちがっているのです。

三島　でも、ぼくはそういい切れないと思うよ。カソリックでは、正常なる夫婦間の、正常なる、正常位による生殖を目的とする性行為しか認めないでしょ。あたかも薄いお盆に水を張って歩くと同じことだよ。歩けば水はこぼれる。カソリックだってそのくらい知ってますよ。だから、こぼれたら地獄へ落ちるか、それとも懺悔《ざんげ》して救われるかしかない。まず人間にできないことを要求しておいて、そこからこぼれたものは自分のところへ取ろうというんだから、こんな欲張りな宗教はない。だけど、見事に成功してるんだよ。それじゃこぼしてもいいといったら、何が始る？　文化の根本問題なんだ。エロスは稀薄になるし、第一、あと許されざるものは、この世になくなっちゃうんだよ。だからドストエフスキーが「神がいなければ、すべてが許される」といったが、それだよ。

寺山 キリスト教は抑圧の美学でしょう。しかしぼくは禁欲だけがエロスの母だとは思わないのです。三島さんはなみの夫婦にお前たちはそれを守れ、おれは守らないということですか?

三島 いや、そうじゃなくてね。水は必ずこぼれる。そのこぼれた水はみんなカソリックのタンクにはいるんだよ。その人間の罪が全部カソリックの財産になる。世界制覇ができるんだよ。

寺山 それは娼婦を追放して懺悔を聞く聴聞僧《ちょうもんそう》を増やすというザンゲ共同体ですね?

三島 そんな簡単なことじゃないと思う。娼婦を追放したって、アン・オフィシャルな娼婦はいっぱいいいるだろ。

寺山 勿論、アン・オフィシャルな聴聞僧っていうのはいっぱいいる。コンサルタントだとか人生相談とかがそれをやっているわけでしょう。

三島 アメリカじゃ、精神分析がカソリックの代りをやっている。そこで、文化というのは人間に不可能なことを要求するものだと思うんだよ。その枠が外れると、どうしていいかわからなくなっちゃうんだ。あとは何でもできるんだから、グシャグシャになっちゃって、形ってものが存在しなくなる。フォルムというのはカソリックの夫婦間性行為と同じような意味を芸術に対してもっている。そのフォルムをこわしたら、もう芸術じゃないんだよ。

寺山 それは文学的用語か、政治的用語のどちらでおっしゃっているのか、紛《まぎ》らわしいというところがある。

三島　いや、紛らわしくないね。つまりカソリックは夫婦間正常位セックスしか認めない。

“べし”が抵抗の拠点

寺山　それは政治的用語ですね。

三島　宗教的用語だよ。芸術の場合はフォルムしか認めない。フォルムというのは人間に不可能なことなのに、どうしてあるんだろう。たとえばゴシック。人間が快適に住もうと思ったら、あんなバカなことを考えるわけないでしょ。バロック。あんなねじ曲ったもの、カアちゃんや子どもと暮すのに要りゃしません。文化というのは、そういうものなんですよ。まったく不必要かつ不可能、そういうものがモトになっている。それを崩したら大変だぞ、と口を酸っぱくしてぼくはいってるんだよ。

寺山　しかし文化の概念が変質していくということは認めざるを得ないでしょう。

三島　絶対に認めないです。いくら変質したって、フォルムの形成意欲は変質しない。これは芸術の宿命でしょう。

寺山　フォルムを要求する心象は変らなくても、文化の形態そのものは変ります。変るから形なのだ、と言えるでしょう。

三島　それは絶えず変っていくでしょうけどね、単なる流行というか表面現象にすぎないでしょう。

寺山 不滅なんてない。

三島 不滅というのはフォルムですよ。

寺山 たとえば母親と息子がやることも文化だとはお考えにならないわけですか。

三島 もし、それが倫理化されれば文化になるんだよ。

寺山 フリー・セックスがただ「解放」に向ってるあいだは非常に軽薄ではあるけれど、しかし母親と寝、兄妹と寝ることが文化になるのは当然の成り行きだと思う。

……。

三島 あれ、それはぼくは認めるよ。ただ、あなたの話聞いてると、寝てもいいじゃないかと

寺山 いや、寝るべきだといってるんです。

三島 それならフォルムなんだよ、〝べき〟ということは、赤塚不二夫の漫画じゃないけれど、〝べし〟じゃなきゃ芸術じゃないんだって。〝寝るべし〟といえば、その瞬間、芸術になるんだよ。

寺山 ぼくは寝るのは当り前だ、といったんです。それは謙虚にいったので、「寝るべきである」といったんですよ。それが抵抗の拠点になり得るかです。

三島 〝べき〟でなきゃ抵抗の拠点になれないな、新左翼にも全般的にいえることだけど。

寺山 ところで、ぼくは「楯の会」のパレードを国立劇場の上でやられたのを見て、三島さんの芝居の作り方が変ってきたなという印象を受けたんだけど。

三島　ずいぶん話が飛ぶね。あれは簡単なことだ。皇居が前にあるからですよ。

寺山　皇居の前はいっぱい土地があるし、地上でもいいわけですからね。わざわざ地に足をつけないようになさっていた。

三島　でも、皇居前広場でやるわけにいかないよ。

寺山　それに武器を持っていない兵隊っていうのは魅力ないと思いますね。

三島　ほんとだね、ぼくもそう思うよ。

寺山　兵隊には言葉が武器だなんていってちゃダメで、ナタかマサカリに匹敵するようなピカッと光るものが必要なんで……。

三島　警察によくいっといてください。（笑い）

寺山　三島さん自身は積極的には不満に思っていらっしゃらないんですか、フォルムとして。

三島　うん、非常に微妙な質問で、政治的言語を使う他はないね。

寺山　むしろ文学的用語で、絶対必要だとおっしゃったわけでしょ？（笑い）「べき」である、と。

三島　そうはいかないよ。

「能」の速度は居合抜き

寺山　ぼくは速度が好きなんです。子どものころシュペングラーなんか読んで、なるほどエジプト文化っていうのは思い出の文化で保存しておけばいいのだ。インドの文化は忘れるのがいいんだと。さて、お前の文化は何だといったとき、ぼくは速いのが好きだったですね。鉄砲のタマは速い、機関車は速い、競馬も速いから好きなわけです。

三島 それはソクラテスと同じ美学だよ。〝速いものほど美しい〟といっている。ぼくもそうですよ。

寺山 鉄砲のタマが速く飛ぶのは目的が決っているからだとディアギレフがいっていますが、目的を一つに決めちゃうと一ヵ所にしか飛んでいかないんで、ヨコの速度とタテの速度、地理的速度と歴史的速度っていうのがあるんじゃないか。ぼくは、あっちに飛びこっちに飛び、牛若丸の速度みたいなのがいいと思うようになってから、非常に悟性的に、つまり原因があって動機が加わって結果が出てくるという話し方じゃ、何か話が組み立てられなくなっちゃった。

三島 そうか、だからさっきみたいな話になってきたわけだな。ぼくはスピードというのは、ある観点からみた主観的なスピードにすぎないと思うよ。たとえば「お能」というのはとてもスピーディだよ。ある時点からある時点へ飛んじゃうでしょ。舞台二回りぐらいすると東北から京都に着いちゃうからな。あのスピード、どうしてみんなわからないのかな。

寺山 俗物は、斬られるときには居合抜きより、田中新兵衛みたいにゆっくり斬ってもらいたがる。（笑い）お能の速度は居合抜きだから宮廷向きで大衆性がない。速度というのはイデオロギーなのですね。

三島 お能のスピードは、電光石火をスローモーションで撮《と》れば、ああなるに決っている。恋愛でも、ドラマでも、迅速そのものにすべてが過ぎてしまって、あとは何も残らない。それで、塚の上に秋の風が吹いている。それしかなくなっちゃうんだから、すごいよね。どんな美女も、すぐ白骨になっちゃうしさ。

寺山　カカトを三センチずらすと、三年経ったりするわけです。

三島　そのくらいのスピードだね。ＳＦでこんなのがあったね。どこかの砂漠で不思議な彫刻が発見された。手が空を指していた。それから十年経ってまたそこに来てみたら、こんどは手が下っているんだよね。この彫刻、ほんとは生きてる人間なんだが、その人間の時間感覚では手を上げてから下げるまで十年ぐらいなんだ。

寺山　しかし、同時に何もしないやつが、おれの速度は肉眼では見えないだろうっていうふうにいい出す世の中だから。

三島　そうだ、だまされるよ。

「柔軟性」は妥協か

寺山　昔、三島さんは太宰治が体操やれば思想が変ったろうと書いておられたけど、どうですか、いまは？

三島　いまでもそう思っている。つまり、崩しているからいやなんですよ。『斜陽』なんかの敬語の間違いっていうの、耐えられないんです。仮にも華族が自分の家の台所のことを〃

お勝手〟なんていうことはあり得ないことです。お勝手というのは民衆の言葉ですよ。

寺山 もし太宰じゃなく、森茉莉《まり》が間違えても許しませんか?

三島 森茉莉は絶対間違いません。あの人は文法からいっても、そういうことは間違いません。一番基本的なことですから。

寺山 しかしあれだけ長い間自分は怠けものだと言いつづけるためには、それなりのトレーニングはあったと思う。

三島 体力は相当あったろうね。敬語の間違いのことだが、たとえば宮様を呼ぶのに男は、殿下、妃殿下というが、女がいうときには宮様、君様といわなきゃいけない。そういうしきたりは彼は何も知らなかったよ。そういうこと、とても嫌いなんだ、許せないですよ。

寺山 堀辰雄は軽井沢の馬糞のことは書けないだろうと言ってました。

三島 いや、旋盤工の生活とか、高速道路は書けないだろうと書いた。馬糞とは書かなかった。

寺山 ところで三島さんには、これは書けないという世界は何ですか?

三島 ぼくはないと、自信をもっている。鴎外から学んだんだよ。つまり、日本の雑種文化を表現できる言葉は、どんな下品な雑種文化でも、上品な言葉で表現できることを鴎外は証明しているよ。鴎外がいま生きていたって、何でも表現しちゃうでしょう、おそらく。井伏鱒二が〝アロハ・シャツ〟って言葉が嫌いでね、〝たらしワイシャツ〟なんて書いてますよね。それでちゃんと表現できていると思うんですよ。

寺山 たとえばヤクザなんか、あんまりお書きにならないですね。

三島　ぼく、知らないですからね。書く気になって調べれば、絶対自信ありますよ。

寺山　ぼくのところに一週間、飯島連合会から若い連中が来て、仁義入門とか賭博の正しい打ち方、それから隠語の講習会をやったんですよ。それで思ったのですが、彼らはいつのまにか日常性を虚構化してしまった。こうした人たちの面白いところは右も左も同じだというとですね。この間のデモのとき、赤軍派の連中だけが門を出るとき、全員が時計を合せていたでしょう。今日はどうせ歩くだけだとわかっていながら、時計合せて出発するなんて、なかなかいいではないかと思いました。

三島　うん、おれもあれはなかなかいいと思った。

寺山　三島さん。いつか胸をこうやって動かすんだよって胸張っても、自在筋の動かない日が、ある日突然やってくるわけですよ。

三島　そういう日は来ないよ。

寺山　いや、来ます。そういうときにエロティシズムが横溢する。

三島　そういう日は来ないよ、絶対に。でもヤクザほど形を重んじるものはないじゃないの。形、形、形じゃないか。

寺山　だから、形の中で死ぬべきだと思います。その形も見えない形と、見える形の使い分けみたいなものが非常に複雑な時代になってきたという印象をもつわけですよ。形を柔軟性で使い分けていくのが思想になって行く。

三島　柔軟性というのは妥協だよ。こわいよ。いま柔軟性なんてことをいい出したら、どこまで連れて行かれるかわからないよ。

寺山 でも三島さんもやっぱり柔軟性を使い分けてるわけですよ。「楯の会は明日から武器を持つべきじゃないですか」といったら、「それは政治的な言語を使うしかない」と仰言《おっしゃ》った。（笑い）あれはやっぱり柔軟性でしょう?

三島 ところで、『家畜人ヤプー』という小説読んだ?

寺山 読みました。おもしろかったです。

三島 ぼくが非常に憤慨していることは、ぼくが「楯の会」をやっているから、ああいう小説が嫌いになった――と奥野健男があとがきで書いているんだよ。ぼくは、そんなつまんない人間じゃないよ。いまの日本人が馴れ馴れしくあの小説読むっていうのは嫌いだね。戦後の日本人が書いた観念小説としては絶頂だろう。

寺山 ああいう装幀で、ベストセラー第何位なんていうのはいやですね。

三島 挿絵《さしえ》は、もっともっとリアリスティックでなきゃいけない。変に抽象化しているが、あれでは作意が生きないよ。もっとも、リアリスティックにやれば、検閲の問題がうるさいかもしれないがね。

寺山 その部分が巧妙に描かれなくっても、ちょっと下手なくらいリアルだというところでいいんじゃないですか。秘密出版社で出している性的雑誌の挿絵は、判で押したようにリアルで少し下手なためにエロティックになっている。

三島 少年雑誌みたいなリアリズムが『家畜人ヤプー』みたいな小説には必要なんだ。この小説で感心するのは、前提が一つ与えられたら、世界は変るんだということを証明している。普通にいわれるマゾヒズムというのは、屈辱が快楽だという前提が一つ与えられたら、そこから何かがすべり出す。すべり出したら、それが全世界を被う体系になっちゃう。そして、その理論体系に誰も抵抗できなくなってしまう。もう政治も経済も文学も道徳も、みんなそれに包み込まれちゃう。そのおそろしさをあの小説は書いているんだよ。

寺山　あの小説は発想のわりにアレゴリーにならず肉体的な小説になり得ているというところが稀有《けう》だと思うのです。ふつうならば、発想からしてSFになってしまう。スイフトの「ヤフー」のことを忘れて読みましたからね。

寺山　女についてはどうですか？

三島　女は形的じゃないものだよ、どうしても形にならない。女房持ってみりゃ、あんたわかるだろう。昔は女大学で一所けんめい形作って何とか形になっていたんだけど、女大学が瓦解したら、もう形はないよ。

寺山　それはそうですよ。時間に遅れるのはいつでも女ですからね。

女性が時間を支配する

三島　だけど、時間を支配してるのは女であって、男じゃない。妊娠十ヵ月の時間、これは女の持物だからね。だから女は時間に遅れる権利があるんだよ。

寺山 ただ女は二十八日ごとに血が出てくるもう一つの時間を信じてるから、精工舎が作った時計の時間に対して、無頓着になってしまっている。女は時計そのものですからね。

三島 だからこのごろ気がついたんだけど、ぼくとっても時計が好きなんだよ。よく銀座あたりへ行って、百二十万とか八十万とかいう時計の前でしばらくヨダレたらすんだ。女房は安い時計ばかり持って歩いている。時計買ってやろうかっていっても、絶対に欲しがらない。亭主は時計のところで立止まる。これには何か本質的なことがあるんじゃないかと思うんだ。

寺山 三島さんは刺青《いれずみ》するみたいに、背中に時計をはめ込んだらどうですか。

三島 そう。女は自分が時計なんだから、肉体がちゃんと時計の役割をして、規則正しく自分の影響を受けている。時間内存在なんだよ。男は時間外存在になりかねないから、しょっちゅう時計に頼らないと、こわくてこわくて。

寺山 だからぼくは、男はいつも偶然的な存在だから、外側に時計を探して歩いていなきゃいけないんじゃないかと考えるのです。

三島 かもしれないね。自分をしばるものが欲しくて欲しくてしようがないんだよ、男というのは。時間を逸脱するっていう危険がしょっちゅうあるから。

寺山 賭博の楽しみというのは、非常にマゾヒスト的な楽しみです。

三島 そうかもしれないな。

寺山 武智鉄二は馬券買うとき、この馬は来ないだろうな、と思って買う。ところがその馬が向う正面を通って三コーナーから四コーナーにかかるとき、一瞬来そうな気になって、そのときゾーッと寒気がするんだって。そしてその馬が直線へ入って、やっぱり負ける。あやっぱり来なかったというときに、それは二百円や千円じゃ味わえない敗北のカタルシスをものにしたと思って、満足して帰って行くのですね。中山大障害ぐらいになると、五分ぐらい楽しめるわけですよ。だから、マゾヒスティックな楽しみも長いのですよ。「勝つものだけが美しい」なんていいながら、いつも負ける。（笑い）ほんとの人生では、そう簡単に負けられないと思うと、たのしくて仕様がないらしいのです。

天に代わりて

小汀利得

〈「言論人」昭和43年7月第48号〉

〝日本人〟とはなんだ！

小汀　まえにお目にかかったことはあるけど、おしゃべりははじめてですね。

三島　はじめてのようなもんです。今日のテーマは〝天に代わりて〟だそうですが、小汀さんが〝天に代わりて〟の役で、私は不義の方ですかな。（笑い）討たれの方ですね。両役がないとチャンバラになりません。

小汀　いや、ぼくは年中つまらんことを発表していて社会に害毒を流しているから、あなたが主役で私が拝聴役だ。

三島　この間も「言論人」を拝見したんですが、ジャーナリズムの傾向ということがいわれていますね。これは相対的なもので、言論の自由も左翼の言論の自由と右翼の言論の自由がある。私も小説を書いていますときはさほどに感じないけれども、文壇というところは、文学賞など審査する場合、私ははっきりいえますが、かりにも思想的偏向で作品を選んだことはない。たとえそれが、共産党員であろうがなかろうが、自分と政治的意見がかわろうが、文学作品としてよければいいという立場を通しております。しかしひとたび評論の世界に入ると、なるほどむずかしいもんだなということを最近痛感したことがあります。

私事ですけれども『中央公論』（昭和四十三年七月号）に「文化防衛論」というのを書きました。つまらんものですが、一所懸命書いたんで七十枚ほどの長いものになった。そうすると、読売新聞と東京新聞は、それぞれ林房雄さん、林健太郎さんが文壇時評をやっておられるからいろいろ親切に採り上げてくださる。見ようによっては親切すぎるわけですね。ところが朝日、毎日は一行も取扱わなかった。黙殺です。朝日は長州《ながす》一二《かずじ》さんがやっていますが一行もとりあげないし、毎日は社内記者がやっていますが、やはり一行もふれない。そうすると、一つの現象があって、この目鼻立ちがいいか悪いかわかりませんが、そこに人間がいることは確かなんですね。それを黙殺するということは、たぶんに意識的だ。意識的な態度にちがいないと思うのは、あるいは私のウヌボレかも知れません。その辺が、こっちがウヌボレで、つまり偏向だという場合と、それから実際に偏向である場合の区別がつけにくいんですね。これは実にむずかしい。

私がそんなことをいうと、「あの野郎はつまらんものを書きやがって、ウヌボレやがって、とり上げられないのは当り前だ」ということになる。じゃ第三者から見た場合はどうかというと、その第三者の中に右も左もいる。いいという奴と、黙殺するのが当然という奴がいるかもしれない。第三者だって公平とはいえない。言論の偏向ということは実にむずかしい。

小汀 そりゃむずかしいもんです。誰しも公正にはなりきれない点がある。だから面白いともいえるし、だからむずかしさもある。ただ偏向ぶりが極端かどうかだ。

三島 そうですね。もう一つはテレビの場合、ぼくらは実にニュース取材というのは困るんです。うっかり映像を出すと、映像にウソはつけない、私がカメラの前に立つ、何かしゃべる、何かをやる、それをフィルムではどうにでもなるということですね。しまいにちょっとしたコメンタリィをつけて「……と三島は意気揚々、過激な言論を吐いて高笑いをしていた」なんていわれたら、これはもうマンガになっちゃう。（笑い）

　マンガにされるのも悲劇にされるのも、みんな向こう様の自由。ですから言論の自由にしろ、偏向にしろ、われわれは実に微妙なところで生きているということです。

小汀　ほんとうにそうです。この間もグループ・サウンディングに出てくれというんです。何とかいう作曲者とそれから菅原通済君や落語家の誰だったか、それをNETだったかでやっているのを見たことがある。それとやはり同じような企画で、その作曲者、ほんとうは杉山とかいうことは知っているが、その杉山を相手に討論してくれというんだ。ぼくはそんなつまらないことを討論するのはきらいだし、資格もない。だから第三者を集めて、第三者同志で批判するならいい、たとえば教育者の小尾《おび》虎雄《とらお》君とかを出すなら、ぼくも出ようといった。小尾君なら長い間東京都の教育行政をやってる。それなら出てもいいといった。局側が名前を出したんで、ぼくも名前を出して小尾君を指名した。そうすると何時間か経って、電話で、小尾さんは出られないといってきた。だからやはり杉山さんを相手にやってくれというんだ。その電話にはウチのばあさんが出て、「それは私もきいているけれども、主人はそれなら出ないといったじゃありませんか」といって蹴っ飛ばしたんです。

　これはその一例ですが、そういうのに出ると、向こうの分《ぶ》がいいのにきまっているんだ。グループ・サウンズなんかに、わあっと喜んでいる小娘ども、おかめひょっとこ、かぼちゃみたいな面《つら》の小娘どもで、わあわあいっている奴らです。ぼくは通済が出たときに、それをみているんだ。(笑い)……そんな奴らを背景にして物をいうなんてこれほど馬鹿気たことはないでしょう。ぼくは分が悪いことなんかどうでもいいから、やっつけることは天に代わってやっつけるけれども、(笑い)しかしやっぱり小汀《おばま》が負けた、三島が負けたというようにもっていかれるし、そうみえるということは、自分のためじゃないですよ。社会、公共のために悪いから、それで出ないんだ。そういう企画をしてくるんですよ。それをたくみにやるから、まさかヤボなことばかりもいっておられませんよ。

ついでにいうけれども、鹿内君のやっている、あれはフジテレビか、あそこに出たとき、べ平連の小田実《まこと》といったかな。

三島　ああ、とんでもない野郎です。(笑い)

小汀　そのべ平連、あれは北がやられれば顔色を変えるくせに、南がやられるときは何もいわない男で、べ平連じゃなくて、べ戦連の方だ。戦争をけしかけているんだから。(笑い)……そのべ戦連を大層偉いようにとり上げているんです。そこへ無着成恭《むちゃくせいきょう》という寺の坊主の、あんまり日本語のできない人、(笑い)それと対等で議論するというんだ。ぼくは藤井丙午君と一緒に出たが、しゃべる機会がほとんどない。つまりこちらにしゃべる機会を司会が与えないようにしているんだ。もっとも特別に坊主に機会を与えたわけじゃないけれども、発言したら最後、マイクをはなさないんだ。時間を独占するんだ。そんなバカなことがありますか。時間はきまっているのに、片方だけより多く利用できるという土俵はありませんよ。向こうが七分《ぶ》の土俵を使えて、こちらは三分しか使えない、そういうたくみな戦術をつかうんだ。

三島　それは危ない。（笑い）

小汀　ほんとうに危ない。

三島　それとは違いますが、このまえ、われわれの間に日本文化会議というのができた。ところが朝日新聞なんか、せいぜい角砂糖ぐらいの紹介記事でした。新聞ばかりか、週刊誌の扱いもずいぶんちがいましたね。私もメンバーの一人だから、またウヌボレといわれるかも知れませんが、とにかく最近の言論界の出来事としては相当大きな位置をしめると思うんですがね。ところが、京都の左翼側の学者がやった科学者京都会議の方は、朝日など一面に大きくとり上げていながら、日本文化会議はせいぜい十行記事だった。それにくらべて他紙、ことにサンケイは、七段で報道している。解説までつけた新聞もある。どうも変です。

ところで、いま無着成恭の話がでましたが、私はよく知らなかったんです。それがタクシーに乗っていたとき、ラジオで無着成恭が子供の質問に答えていたんです。子供が「先生、スサノオノミコトとか、アマテラスオオミカミの話は本当にあったんですか」ときくと、その無着が「チミ、それね、ぼくこれからハナスしるけどね。あのスンワ（神話）というのは、ほんとうのハナスと違うの。ツガ（違）うけれども、あのネ、このハナスするど長くなるけどね、アマテラシオオミカミ（天照大神）ツウ人がいだの。それがら素戔嗚尊《スサノオノミコト》ツウ人がいだの。この人が悪い人でね、何したがどいうど、まんず、田んぼ荒らして米とれなぐしたの。米どれながったらチミ、ごはん食べられないでしょ。それがら機織《ハタ》りをこわして……あなた、着物つぐるのに機織りはダイズ（大事）なこってしょ。そういう着物をつぐったり米つぐったりするのを邪魔したがら、アマテラシオオミカミつう人がおごって、あの岩戸に入ったというでしょ。あの岩戸ツウのはどう考えればいいがツウと、あれね、お墓なんだね。人がスぬ（死ぬ）とアナ入るでしょ。アナ入ったらス（死）んだツウことを意味してるんだね――。」（笑い）

これじゃ、ぼくは子供が可哀想になっちゃった。（笑い）唯物史観の、つまり、やり方を教えて、まず基本的な生産関係の生産手段の破壊とか、そういうところから教えていって、それがいかにいけないことかと。そして神話的なことを全部リアリスティックに教えている。子供の雑誌なんかをみていますと、手塚治虫などがやはり神話を書いている。たとえば神武天皇など他民族を侵略した蛮族の酋長にしている。日本に古代奴隷制なんてないんですが、奴隷たちが苦しめられて鞭で打たれて、そこで金の鳥が弓の上にとまったりして、それで人民を威嚇《いかく》して……と、全部そういう話です。

ぼくは大学生が白土三平のマンガを読むのはまだいいと思う。それは唯物論をかじってからマンガを読むんだからまだいい。あるいはマンガで唯物論をかじるにしてもです。だけど小学生や子供が読むのは、大学生が読むのとは違うでしょう。これがなんでもないような女の子向きのマンガの中に、支配階級を倒せとか、資本主義はいかんとか、それがたくみにしみ込むように織りこんでいる。大人が神経をつかっても、いつのまにか侵入してきているんですよ。

それで小汀さん、ぼくがさっきから申上げているのは、たった一つ、日本人とは何だ、ということなんです。日本人というのはシャーイなんですね。日本人というのは、本来自分のものを人に上げるときは「粗末なものですが……」、意見をいうときは「つまらない意見ですが」「あまり参考にはなるまいと思いますが……」と、へりくだっていうのが日本人でしょう。ところが言論の自由とか、偏向とかは、日本人の羞恥心をずたずたにしちゃうんですよ。というのは向こう側に羞恥心がないから、そしてつまらん言論、実に質の低いことをいうから、それを質が悪いってネグレクトすると、「なんだ、お前たちは偏向しているじゃないか」と、そして何でもかでも自分たちの政治的意見を通すためには、自分のつくったもの、自分の仕事に対する羞恥心が全然ないから、彼らはてめえのためのことのみしか考えない。自分たちのためのものでなければ偏向だ、という考え方になる。こちらは羞恥心が多少あって、ジェントルマンだったら、これは負けますよ。小汀さんみたいな、典型的な、お口のよろしいジェントルマンは負けることになっている。(笑い)

小汀　そのとおり、ほんとうですよ。ぼくはこれでも非常に羞恥心があるんで、人様の前に出ると顔を赤らめる方です。ただ、赤らめても色に出ないだけなんで、それが不自由です。(笑い)

三島　とにかく厚顔無恥というのが彼らの特質ですね。

小汀　ぼくなんか、純情可憐すぎるな。（笑い）

エロティシズムの効用？

小汀　それと彼らの書くものには、悲壮趣味と被害妄想があるんですね。だから建設的なことは何ひとつついえない。

三島　それは人間の自然じゃないですか。やはり建設的な楽天的なことをいうのは面白くない。やはり子供をみていれば、おもちゃを買ってやるとすぐにこわしてしまう。それと同じで、まず破壊本能の方が人間は強いですから、それに破壊の力がおもしろいです。

ただ、私は文章はどうも、全般的にみて左翼の方がうまいと思うんです。たとえば『思想の科学』の連中なんて、なかなかうまいですよ。そして面白いことがいろいろ書いてある。だいたい右寄りの文章はつまらない。だから小汀さんみたいな面白い方は、ごく例外的なんです。それからもう一つの欠点はエロティックなことを理解しない。これはだいたい、右寄りの人間の通弊なんです。

小汀　うん、それはたしかにそうだな。

三島　彼らは若い時に一体何をして暮らしていたんだろう。いまじゃ聖人君子のような顔をしているけれども、やはり若いときにはエロな気持ちが豊富だったにちがいないんだ。それを全部否定して人間性というものをもってくることは不可能だと思うんですね。どうしてもエロティックなものがないから、若い人にアピールしない。

小汀　それは非常に重大な要素ですね。どうも無味乾燥というか、何だかきまりが悪くて、自分の身辺をむやみに整理しちゃって、裸の上に印絆纏《しるしばんてん》か何か着ているようだ。それは紋付《もんつき》着てもいいし、フロックコートを着ても、あなたのように袴をはくのもいい。（笑い）〔編集部注・三島由紀夫はこの日、絣《かすり》の着物に木綿の袴というイデタチであった〕とにかくほどほどにやらなければいかんですよ。ほんとうに文章は下手ですね。アピールはしないな。

三島　文章が下手ということが第一で、第二にエロティシズムを理解しないこと、この二つが改まらないと、どう考えても言論としての、一番大事な要素であるチャームがないですね。

また私事になりますが、まえに『憂国』という小説を書いて、これは、二・二六の同志が自分に相談しないで事件を起こしちゃったんでその残念さもある、また自分は新婚だったから相談されなかったんだろうという残念さもあり、また同志に殉ずる気持ちもあって、自決する中尉の夫婦の話なんですよね。ところが夫婦の最後のベッド・シーンが長々と書いてありまして、これがみせ場なんですよ。それからあと、二人は自刃していくんです。ところが、一部国家主義者はけしからんというんです。忠良なる兵士の話でありながら、なんであんなに同衾《どうきん》のシーンが長いのか、エロなことが書いてあるのかって。ぼくはそういう考え方がいけないと思う。だいたいそうなんですよ。

小汀　まあそうですね、やぼてんでね。

三島　それもさっきの羞恥心に関係があるんです。清らかなものはそっとしておきたいっていう気持ちがとても強いんだけれども、清らかのまわりには濁流がうずまいている。われわれが清らかなものをもとうとすると、清らかなものだけもっていたら、どんどん押流されてしまう。エロティックというのは清らかなものの中にもあるんだということが理解できないんですよ、彼らは……。むしろ左翼はそこらはうまいですよ。はじめから民青なんかのサークルでも男女交際、それからコーラス・グループとかで、まず男女交際ですね。そして田舎からきた青年なんかは東京でさみしく思っている。そこでサークルにはいると、きれいな女の子なんかがいっしょに手をつないでくれる。まあフォークダンスをやりましょう、そのうちに女の子のほうがアクティブだと、「こんどのなんとかの反戦デモに参加しない?」というと、「きみにいわれたら……」ということになるでしょう。みんなエロティックからはいっていますよ。右翼のほうはたちまちみそぎして、それで鉢巻きして歩こう……。(笑い)

小汀　山中湖畔かなんかに……。

三島　これではチャームという点がむずかしい。ユーモアも笑いもなくてはね。

小汀　そのユーモアがあっちゃいけないんだ。右翼のほうからみるとね。もうかしこまって、しゃっちょこばって……それではいかんですよ。

三島　いかに思想が正しくても欠点は欠点で自覚しなきゃいかんと思いますね。
　私はまえから思うことですが、こんどは堅い話です。(笑い)――どうも、エロばなしといっしょになっちゃいますが、核兵器というのは男で、世論というのは女という考えを非常に強くもっているんですよ。

これはまえに福田自民党幹事長なんかにも話したんですが、それをさらに敷衍しますと、こういう世の中にしたのは、どうも核が原因じゃないかと思えるんです。というのは国家権力でも何でも、権力というのは力ですから、「〝力〟イコール兵器」で、兵隊の数と強い兵器をもっている方が強い。当然でしょう。それが世界歴史を支配してきた。いままでは兵器が使えるからこそ強かったんです。ところが使えない兵器をついつくっちゃったんですね。広島で使ってあんな惨禍を起こして使えなくしてしまった。使えない兵器というのは、あるいは力というのは恫喝《どうかつ》にしか用をなさない。恫喝ないしは心理的恐怖、ひとつのシンボリックな意味だけが強まってきた。そうなると、片一方の方は使えぬ兵器に対するものとして人民戦争理論みたいに、ずっと下の方からしみこんでくるやつが出てくるのは当然ですね。それをみて被害者意識というのがだんだん勝つ力になってくる。

広島市民には非常に気の毒だけれども、つまり「やられた」ということが、何よりも強い立場とする人間ができてくる。そうすると、やられないやつまでも、やられたような顔をする方がトクだというようになるわけです。つまり女が男にだまされたといって訴えるようなものです。とにかくトクなのは、なぐることじゃなくて、なぐられることだと。そして痛くなくとも、「あっ、イタタタ!」というほうがいつも強い立場をつくれる。それで全学連がヘルメットの下に赤チンを綿にしみこませていて、なぐられると赤チンがダラダラと垂れるようになっているという話もききますが、それも被害者ぶる者の強さの一例ですね。

小汀　昔の女の武器をいまは連中が使っている。泣いたりわめく奴がいまは勝つんだ。

三島　被害者という立場に立てば、強いということはわかっちゃっている。なぜなら向こうは力が使えないにきまっているんだから。それが世論であり、女の勝利だと思うんですね。女はあくまで「弱い女をどうしてこんなにいじめるんだ」と、断然反対してくる。すると男はそれ以上、腕力をふるえないから負けちまうわけですね。そして慰謝料やなんかというむずかしい問題になる。いつも「弱い私が」というところがある。力対力という関係が、戦後の世界ではだんだん薄れてきつつあると思うんですよ。

ですから核抑止理論というのは力対力の理論で、これはある意味では古い理論だと思うんですね。いまだに力対力というものが、一方で厳然とあるんですけれども、しかし、厳然と力対力があるその下では、強さ対弱さというものの戦争になっていると思うんです。だから全学連がいかに乱暴しているようにみえても、あれは被害者を気どっているわけです。われわれは反動権力のおかげでこんなにひどいめにあっていて、なぐられているじゃないかと。われわれの主張は正しいのに、こんなに弱い、武器ももたない学生がやられているじゃないかと、頭から血が流れているじゃないかと。全学連を非難する人たちも、やっぱりおしゃもじをもって、主婦連じゃないけれども、弱いわれわれの生活を守るのにはどうすればいいのか、すべて「弱いわれわれ」というのが前提になっている。これは世論のいちばん大きな要素で、われわれが世論に迎合するためには、自分が強者、あるいは加害者であったらたいへんなことになっちゃう。
自衛隊があんなに悪口をいわれるのはもう、自衛隊が力だということがはっきりしているからですね。そして警察の悪口がいわれるのは、警察が力だということがはっきりしているからですね。力をもっているやつはかなわない世の中になっちゃっている。これは戦略をよほど考えないと、いまわれわれは左翼の言論を力だと思って評価したらまちがいで、あれは弱さの力なんですね。それをいちばん象徴しているのは、ぼくは核と世論というものの関係だと思います。しかしそれにも限界があって、それじゃ弱さだけ、世論だけで押し切れるか、世論がどこまでついていくかということになると、パリの革命が証明しているように、ただワイワイいって、弱いわれわれをどうしてくれるといって騒いでも、けっきょく革命は成功しないんです。

「ウエストサイド・ストーリィ」というミュージカルがありますが、実に皮肉な歌が出てきます。暴力団の不良少年どもが、お巡りがやってくると、みんなで被害者意識を訴える歌を歌うんです。われわれは社会的な病気だ、ソーシャル・ディジーズだ、すべて社会の被害者で、社会の矛盾がわれわれに集中されて、こういう人間になっちまった、われわれに罪もなければ責任もない、教師が悪い、社会が悪い、政府が悪い、経済が悪いというんです。お巡りは閉口してしっぽを巻いて逃げ出すんです。

ああいう逆手《さかて》のとり方というのは、日本では一般的になっちゃった。いつも個人が責任をとらないからです。それは現体制にも責任があるんで、誰も個人が責任をとらなければ、罪を人になすりつけるほかはない。そうすると金嬉老のような殺人犯の罪さえ、誰かに、あいまいモコたるものになすりつけることはできるんですね。これは人間が、本当に自分個人の責任をとらなくなった時代のあらわれですね。

小汀　罪は社会にある、「社会が」っていうのは、どこからどこまでをいっているのか、誰が責任を負うのか、そんな限界も規定もないんだからね。一線はどこにも引けない。そこから自分や仲間の逃げ場所に「社会」が出てくる。それはつまり、あなたのいう個人が責任をとらないからなんだ。個人に責任をとらせないからともいえる。これは無責任時代、でたらめ時代ということになる。

米本土に日本基地をつくれ！

小汀　もう一つ気をつけなければならないのは、いわゆるジャーナリズムに商売意識がしみこんできたことです。非常にジャーナリズムが拡大し勢力をもってきたから、こういう書き方をすると新聞が売れる。あるいはラジオ、テレビの視聴者が多くなる。そのため視聴者や読者を意識した、いわば迎合したものでやらなければならなくなったということです。それでないと「これはけしからん」といったために、新聞も雑誌も売れなくなるし、視聴者も得がたくなるという意識が動く。

三島　ある新聞なんかも、最近ちょっと左旋回をやったら、三十万部伸びたそうです。書き方にしろ形ができちゃって、それをちょっとやるだけで、すっと伸びる。そうするといかにも庶民の怒りを代表したみたいなことになる。われわれはイデオロギィにとらわれないで見たい、となるべくそうしているんですが、たとえばわれわれの中に、自立感情というのがあり、二十年も経ったんだから、何とか一人立ちしたい、人に頼らずに生きたいという気持ちがあることは右も左も問わないと思うんです。その気持ちを左に利用されるというのは非常につらいですね。たとえば米軍基地反対とか、沖縄を返せとか、どこかに訴える力がありますよね。それは右にも共通するからですね。

ぼくはこのあいだアメリカ人にいったんです。ここらが君たちの性根《しようね》のきめどころだと。安保条約をやめて双務協定にするとか、そのためには憲法をかえなければならない、そのときには君らの国に基地をくれといったんです。(笑い) ロサンゼルス、サンフランシスコ、ニューヨーク、ワシントンの四個所でいいから、基地をほしいと……。一坪でもいいんです。そのまわりに基地反対デモが押し寄せても、その一坪の中にはいってきたら、撃っちまえばいいんですからね。そのくらいのことをアメリカは考えなければだめだと。そういうとマンガみたいですが、いまの政治はすべて象徴的行為から成りたっているんで、一方的恩恵をほどこすということは、相手の国に害を与え、毒を与えると。安保条約が日本にとって、いかに恩恵的であることかがいけないんだと。ところが双務的であれば、国民は納得する。納得させるためには、アメリカの広いところで、一坪くらいの土地がなんだ、とそういったんです。

小汀　うなずいたでしょう。

三島　うなずいてましたね。

小汀　これは阿部真之介の話で、〝阿部真〟にしてはできがいいんだが、彼が一緒にある東大教授と講演していた。教授の方がさきに話をした。「日本でいろいろ問題がおこるのは当然だ。それは七百何十何ヵ所、基地がある。このせまい日本にそれだけの基地があるんだから当然なんだ」といった。その教授は経済学者だから、いかにも数字を並べるのがうまい。それが長々としゃべりまくった。ところが阿部真にも気がつくていどのミスを犯していた。彼がその話の後に立った。「先の話はデタラメだ。それは七百何十何ヵ所の基地といっても、中には名目だけのものがあるんだ。何でもない。ただ自動車置場になっているものもあるんだ。何かのときには日本国民に脅威を与えるようなシロモノじゃないんだ」と阿部真は頭の悪い奴だが、しかしもっともらしいことをいう男だから、みんな感心しちゃった。死ぬ四、五年まえのことです。それは、いまあなたのサンフランシスコ基地でも、ニューヨーク基地でもいい。米大陸の中に一坪で四ヵ所、四坪だ。それを設置する。それを星条旗がとり巻く。

三島　向こうで基地反対闘争でも起これば大成功です。（笑い）こっちもやっているし、向こうでもやっているから、おあいこですね。

小汀　これは日本が大いにサゼスションを与えて、向こうにぜひやらせたいな。これは劣等感と圧迫感が対等になることだ。（笑い）

三島　それで解放されますよ。こっちのアメリカの基地は、そのかわりこっちで責任をもって守ってやる。

もうひとつは自立という問題に関係するんですが、自衛隊がどうもいざというときには、アメリカの指揮で動くんじゃないかという心配をみんなもっているわけですよ。これは自衛隊によく聞いてみても、最終的な指揮権がどこにあるかということになると、実にむずかしいですね。それはＮＡＴＯやなんかみたいなはっきりしたものじゃありませんから、むずかしい。最終指揮権については、いろんなカバーがあるわけですね。日本の場合、最終指揮権が佐藤首相にあるとしても、それから上へどういくかという心配です。

私はどうしても日本人の軍隊をもたなければいかん、どんなに外国から要請があっても、条約がない限り動かんと、あるいはこっちはこっちの判断でやっていく軍隊がなければならん、そうすると、どうすればいいんだということをいろいろ考えた。私はどうしても二つに自衛隊を分けて、全くの国土防衛軍と、それから国連協力軍の二つに分ければいい。そして制服をかえればいいんです。編制は多少かえればいいんで、ぼくは陸上自衛隊の九割までは国土防衛軍でいいと思う。そうすれば、その軍隊はどんなことがあっても日本をまもるため以外は動かないんだから、国民の信頼を得ますよね。

きのう少年自衛官十三人が水死したことは非常にお気の毒なことでして、私どものところにも感想を聞きにきたんですが、こういう問題でもすぐ問題をすりかえることを警戒しているんです。それ自体非常に不幸な事故だし、実際担当者の落ち度もあったんでしょうが、それとすっと問題がすりかわって、参議院選挙に響くかもしれない、社会党が騒ぐかもしれないと。自衛隊自体の存在理由にも及ぶかもしれない。ぼくは自衛隊がそういう不安定な立場におかれているというのが、非常に日本全体が不安定だという感じがしてしょうがないです。

小汀　そのとおりです。それにこんどの少年自衛隊員の水死事故は、低級な指揮官のために起きたということに腹が立ちますね。大事な人の子を何ですか、それに事あれかしとするマスコミの傾向にも腹が立つね。

三島　ことあれかしというのがかなり見えますね。今日の報道なんかも、東京新聞なんか、ことにそうです。朝日はわりあい客観的に扱っていた。

ところで自衛隊のことは、ぼくもあんまり細かいところまで知りすぎているんで、物をいいにくくなっているんですが、訓練の安全管理の問題を一つとってみても、予算がいろいろ響いている点があると思うんです。はやい話が自衛隊には、はばかりの紙がないんです。紙の予算がないんです。だからみんな兵隊はＰＸ（酒保）で鼻紙を買って、けつをふいているんですよ。

小汀　むかしは繩でふいたもんですよ。（笑い）

三島　いまは紙を買うだけの金はある。それが十くらいずっとありますと、その中に紙がはいっているのが一つか二つ申しわけにおいてあって、あとは紙はないわけですね。紙ならいいです、別に命にかかわりはないから。ところがレィンジャー訓練のとき、末端の部隊には、新しいロープが配給にならないんです。そうすると、何度も何度も耐久限度のすぎたやつを使っているところがあるんですね。ちょっと危ないなと、思ってもやっちゃう。それでロープが切れて、現実に事故が起こっている。これは予算ということもひとつの問題です。

それからこんどの指揮官は個人的にどういう人間か知りませんが、レィンジャーの連中は、どしゃぶりで、風がゴーゴー吹いていると、窓から外を見て、「いやぁ、きょうはいい天気だな」というんです。つまりレィンジャー日和《びより》というわけです。そういうところ、そういうときにやる、それがレィンジャーのやらなければならない訓練なんですよ。

小汀　それはそうだろうな。レィンジャーばかりでなく、国を守るとか、国民を守るためには、雨だから明日というわけにはいかない。ただアメリカみたいなヘナチョコ軍隊でも、訓練はきびしいし徹底している。それがいざというとき自分を守ることにつながるからだ。しかし、無茶はそれゆえにさせない。絶対安全の中で徹底した訓練をやるそうだね。沼やどぶの水深も知らないで、渡河訓練をやるような無茶はしない。

三島　大人ならいいけれども、少年だからそこに非常に手落ちがあった。ぼくは本人を知らないから、なんにもいえないけれども、その本人が実に粗雑な鬼のごとき男で、普段から少年を奴隷のごとく酷使して、ああいうときも死んでもかまわんといってやったかどうか、そこにまたちょっと疑問がある。たとえば普段の内務や、そういう管理の面では、あるいは兄のごとく慕われていたかもしれない。だからこそ指揮官がさきに飛び込むと、さあ続けといって、みんな少年がついていったのかもしれない。その辺は実に判らない。
　この問題は、軍隊みたいな、緊密な人間関係のところですと、危険も起こるが、そのかわり一方では、普通以上の濃密な人間関係もあるわけですね。中にはひどいやつもいますが、総体的にはあそこにいる人間はいいですよ。

小汀　それはそうでしょうね。へんな他からの影響を受けないからね。

三島　ただ、これは一ぺんのうわさで、こういうことをあまりいっちゃいかんかもしれないけれども、防衛大学の学生なんかに聞きますと、われわれの軍隊はシビリアン・コントロールの軍隊であると。だから政権がかわれば、それに従うのは当然だと。日本に共産政権ができれば、われわれは共産軍になるのは当然だという考え方をするのが、かなり多いらしいですね。そういう考え方は間違いだということを世間はこわいから教える自信がないんです。これは軍隊の重大な問題で、自衛隊というのは、もともとイデオロギッシュな軍隊であるということを、もっと周知徹底させないと……。それを世間でたたき、国会でたたき、ぼくにいわせると、イデオロギィ的な軍隊であるけれども、名誉の中心はやはり天皇であるというところで、すこし極端ですが、そこまでいかなければだめだと思うんです。

小汀　まさに「天に代わりて、三島先生大いに怒る」ところだね。（笑い）

サムライ

中山正敏

〈『勝利』昭和44年6月号〉

敵は空気の中にあり

三島 私は、芝居とか劇場関係の仕事をしてきましたので、芝居を観《み》ていると、この役者は、おなかをこわしているとか、風邪をひいているとか、一昨日《おととい》あんなことをしたから芸が冴えないのだとか、この大道具はどこのだから色が悪い……と、そんなことが目について芝居が楽しめない。

いろいろなオーソリティの話を聞いてきましたので、私はなんでも物事をこれとこれが似ているというふうに考える。

先生から空手を教えていただいて、いろいろな型をみると、日本舞踊だとか狂言に似ていると思うし……。騎馬立ち、これは私できなくてよく先生に怒られるのですが、これなどは狂言の腰と同じですね。

ある時タクシーの中で友だちと「空手の型は舞踊に似ている」という話をした後、私が降りると、運転手が怒りだしたんだそうです。「いまのダンナ、いったいありゃなんだ！神聖な空手を踊りに似ているとは」って。（笑い）

中山 それは面白い話ですね。

三島 腰ですねェ、やっぱり……。

中山 腰は強くなければだめですが、弾力性がなければいけないですね。その腰をつよくするためには、足とのバランスがよくなければならない。

三島　〝騎馬立ち〟なんてものは、馬に乗れば背中に幅がありますから、膝がイヤでも外にむいて、下には鐙《あぶみ》があって靴に拍車がついていますから、拍車がヘタにさわらんようにどうしても指先が内側にむきますね。

中山　ところが空手ではなにもない空気ですから……。（笑い）その痛いことなんのって！

三島　やはり空手がむずかしいというのは、たとえば馬に乗って〝騎馬立ち〟はやりやすいけれども〝突き〟や〝蹴り〟の基本的なものは全部空気ですね。

中山　しかし敵というものは、前からそう考えておりますが、空気の中から現われるんじゃないかと。つまり空気をバカにしていると、敵というものは永遠にやってこない。

〝男子門を出づれば、七人の敵あり〟といわれるが、その敵は空気のことですね。いつでも空気に接していれば、必ず敵が現われて、その空気の中が的になると。それを考えていないと、武道もバカバカしくなる。やっぱり空気相手のものというわけですね。

三島　ときどき日本舞踊の先生が空手をやりに来られるんです。なぜかというと、男役の型が多いので、男役の腰の安定感がどうしても舞踊だけでは体得できないので、ほかのいろいろなものをやって吸収したいと――。

中山　日本舞踊および狂言の、あの腰の強さはたいしたものですね。それから歌舞伎で〝ハコにわる〟というのがありますね。先代の羽左衛門あたりまでは、助六で、花道で箱にわりますと実にきれいな形になっている。ところが死んだ団十郎は、だんだんモダンな体格になって足が長くなりすぎた。こういうふうに塔の型になっちゃう。（手で型を示す）ところで、先生に教えていただきますと、非常に理論的で方法がわかりやすいのでありがたいのですが、だいたい昔から芸道は、理論を軽蔑しておりましたですね。

中山 舞踊にしても武道にしても、やっぱり体技ですからね。無論、理屈じゃなくて、実際にやらなければイケないでしょうけれど、ただ十年かかってできたものが、十年かかってできるようになるのじゃイケないので、早くヒントを与えて、上達させるということですね。昔、私たちも最初に空手を始めたときは、それ突け、やれ蹴れということばかりで、むずかしいことを注文されても、それをなんとかやらなければならない。そこに武道としての修行の方法があるということでしたけれども、ただそれは非常に少ない人数の、エリート養成の修行ならば可能なことですがね。

三島 マン・トゥ・マン・システムということですね。

中山 しかし多くの人に空手を知ってもらい、単にうまくなることではなしに、やはり空手によってなにかそこにもってもらいたいというのが、空手指導の目的ですからね。そこに体系づけた理論的な裏付けがないと……。

私も昭和二十三、四年ごろまではムチャクチャな稽古をやり、指導もそうでした。

外人の指導が始まってから、まずなんのためにそうするのだという質問がくるんです。それに対していろいろな面から、生理学的に、力学的にも説明しなければ納得しないわけですよ。

ですから空手の指導体系が確立されたのは、昭和三十年前後からだと思います。

三島 私はよくいうんですが、西洋のものの考えはなんだろうかというと、結局、問いつめると方法論だと思いますね。

方法論というのは、体得するものじゃなくて、方法を与えて、〝おまえやってみろ〟というと必ずいけるのですね。簡単にいえば、はしごだと思います。

西洋人の考えというのは、二階がありますとですね、はしごがあれば二階に上がれるじゃないかという考え方ですね。日本の昔の考えは、二階があった場合、はしごがなかったらどうやって二階に上がるかということから考える。ある人間は縄をかけて二階に上がってみるでしょう。ある人間は柱をよじ登って上がってみるでしょう。むこう側に真理があるとする。真理にむかってどうやっていくかということは、任すわけですね。西洋はまずはしごを考えて、それから真理へいく――。

明治の日本人が西洋から学んだことは、まずはしごでしょうな。そうかといっていちばん悪いことは、はしごをもてば、なんでもできちゃうということでしょうね。二階に上がればこと足れりと思う。そこのプロセスの大事さというか、発明したものの苦心ということがわからないでしょう。

中山 なるほどね。それでよくわかりました。たとえば、私の『ダイナミック空手』を読んで、おまえのいう方法を忠実に勉強している――と、それでこれができたから、茶帯をくれとかというような手紙がくるんです。

三島　（笑い）なるほど。

中山　先生のいわれる〝はしご説〟ですね。

三島　もう一つ、西洋人は〝なぜ〟ということをいいますね。日本人は〝問答無用〟というか、〝なぜ〟はいらんじゃないかという考えですが、しかし、これは日本人の考えとしては貴重だと思うんです。

中山　私もそういうことで、ずいぶんまよったですからね。外人指導ということについてですねェ。

三島　このごろの若い者は、〝なぜ〟システムになりましたね。なぜ日の丸を尊ばなきゃならないのだとか、君が代をなぜ歌わなけりゃならないのか、というのも〝なぜ〟ですよね。

中山　そのうちにこんどは、〝なぜ〟を超越しちゃって、〝ナンセンス〟になったりね。（笑い）

学生はマゾヒストだ

中山　アメリカあたりはこのごろ、大学の教授も学生と一緒になってやってますし、カリフォルニア大学、テンプル大学、アリゾナ大学などは、正科体育でやっておりますね。特にテンプル大学などは七クラスぐらいあり、そのうち二クラスは女子学生ばかりです。私も特別授業ということでお手伝いさせられるのですが、そうすると必ず、五十年輩、七十年輩の人が何人かおるわけです。多いときは十五人ぐらいいるかな。アメリカの学生はずいぶんフケたのがいるなあと思ったんですが、それが哲学の学部長であり、理学部長であり、かなり有能な東洋哲学の学者であり、原子力の学者であるというんですね。

特に東洋哲学の先生なんかは、ハッキリと東洋的な武道観で空手をやって行きたいといっておりますね。やはりお年だし、若い学生のように始終やるわけにはいかんから、かかしの踊りみたいになりますよね。

ところが学生は、教壇でこの先生の授業を受けるときには、その道の大家だから喜んできく。ところが運動場では自分よりも下手《へた》で、汗を流しているのが面白味があるというんですね。そこに親しみやすい気分が生まれるんですね。

近ごろよく紛争の中で、学生との対話の場をもてといわれますが、そういう面からいけば対話の場を通りこしちゃって、お互いの汗の中で、シッカリと信頼しあうということがでてくると思いますね。

三島　どうも日本では紛争なんかありますが、先生はある程度までいくと、みっともないことはしたくない、なるたけ格好よくしようと思うもので、ますます学生から離れちゃう。学生から笑われることを恐れるあまり、結果的には罵倒《ばとう》されちゃうんですよ。

たとえば羽仁五郎さんなんてね、あの人なんかお年寄で、お尻をケッとばせばひっくり返っちゃうと思うんですよ。私が蹴っとばせば人道問題になるからしないけれども。(笑い)元気のいい全学連の若い者が、あんなじいさんのいうことを聞くことないですよ。

ところが今の青年は、自分に自信がないものだから、年寄が年がいもなくエラそうなことをいうと、くっついていっちゃうんですね。一方では右の方にも、そういう傾向があると思う。

ところが、羽仁先生はけっして、ころがってみせるようなみっともないことはしませんよ。右の先生もそうです。なるたけみっともないマネはしない。これはどうも学生が先生を罵倒しているけれども、先生自体が、いつも自分の格好を考えている。学生のほうも自分の格好を考えているということですね。

中山　私はいまの学生諸君は、非常に甘ったれた気分があるんじゃないかと思うんですよ。

三島　私は、マゾヒストだというんですよ。

中山　結局、自分自身の、学問においても身体づくりにおいても、基礎的なものをシッカリ積み上げていくのではなしに、なにか一足飛びにいきたいという気持がつよいですね。

三島　いわゆる先生というのは、体育の先生しか残らないのじゃないかと思いますよ。たとえば商法の先生、民法の先生、あるいは建築学の先生は、理解は立派、学問はあるでしょうけれども、それは体得したものでもなければ、こうしてごらんということはなにもできないわけでしょう。

学生が、ゲバ棒ふりまわせば、体力があるんだから、こっちが強いに決まっている。そうすると理論なんかたいしたことはない、あれは口先だけだといわれるのは無理はない。

軍隊でいう率先垂範、これができなければ教育は考えられない。

中山　先生のいわれたように、特にいまの若い人に、積み重ねられた真の強さ、たとえば私は空手を通して、いろいろな若い人たちと接しておりますが、一緒にやってやらないと、なんだということになる。

それで私が若い人に空手の教育訓練をする指導員には、できあがったものをソックリ教えてはならない、自分がここまででき上がるためには、いろいろな過程を積んできている。だから熟練度によって、指導の仕方を変えなさい。そのためには自分自身がその段階になってみろと。そういう体験から割り出した、こうなるためにはこういう経験を経なければならないのだということを教えるようにいってあるのです。

三島　パーソナル・ヒストリーがある……。

中山　そうそう。ところが意志でも強い人、弱い人に同じような教え方をしたらのびないと思いますね。相手をみて教えるということですね。そのためには、シッカリしたものを持っていないと教えられないわけです。

三島　それはいわゆる座学といいますか、書物の世界ではそういうことはないですね。あとは知識を切売りするだけで、自分の血と汗でできたものを見せてやるのだというものは、もうどこにもなくなっちゃった。これからはますます技術者が発達して、そういうふうになってくるのじゃないですかね、先生と学生というのは……。

つまりマン・トゥ・マン・システムか、あるいはなんかで、体得させるものは体育だけになって、この先にまあ武道というものがあるわけですね。

私も、四十四歳で空手のヒヨッコになったんですけども、アメリカでは平気ですね、こんなもの。ボディビルのジムでアメリカに再々行きますけども、年寄が多いのでおどろいちゃった。

福沢諭吉も毎日七百本の居合い

中山　これからこわいのは、あらゆる武道、格闘技術、陸上競技、水泳と、全部学生が中心ですね。

ところが学生自体はいい選手であっても、学校を出ると環境が変わるものだから、遠のいて離れてしまう。

アメリカでもドイツでも、他のヨーロッパでも、いっぺんやりだして、これがいいと思ったらトコトンまでやる。

ドイツのミュンヘンで合宿したときに、さすがと思ったのは、汗水だして鍛えておいて、十五分ぐらいたったあと一同を集めて、いまのはこういう違いがある、そのためにはこうしなければならないといいますと、ノートを出してきてメモをとっているんですよ。

もっともこの合宿のときは、百何十人の茶帯、黒帯ばかりの全独選手権大会をやるので、各地区から選手、指導員が集まって講習会をやったわけですが、その中に、五人も博士号をもっている教授がおるんですよ。

これは日本では考えられないことですね。

ところがアメリカでもドイツでも一流の学者らが、真剣になってやっている。ですから私は、アメリカで約束したのだけれど、今年か来年の大会には、アメリカの各大学の教授ばかりのチームを連れてきてくれるようにいってあるのです。

三島 ホッ、それは面白いですな。日本でそれに対抗できるのいないでしょう？

中山 とても対抗できませんよ!!（笑い）

だから柔道にしても空手にしても、私は柔道の悪口をいいたくありませんが、柔道がへーシンクに選手権をとられたということが、やはり問題があると思いますね。

三島 いまの大学教授の話でもそうですが、私は日本の知識人というのがイヤでイヤで。日本の知識人は、薬の話と病気の話しかしないですね。これは、明治時代にはそんなことはなかった。

福沢諭吉が、商人道徳の張本人のようにいわれていますけどね。彼は武家出身ですから死ぬまで毎月居合いを抜いていた。晩年には毎日七百本抜いていたといわれます。

こういう一面があるからプラグマティズムの哲学も生きてくる。

中山 なるほど。

三島 ところがいまじゃ、経済学の先生がそういうことをやらんですね。

もう一つ、人間というものは大事なものがあるんだと。学問ができればできるほど、学問ばかりでは人間を片輪にしちまうんだから、もう一つ大事なものがあることを忘れてはいけない。

この考え方を日本の知識人は、ずうっと軽蔑してきた。これがゲバ棒にやられた最大の原因だと思っている。僕はしかし、やられたほうもやったほうも同情はしませんけどね。いまはすぐ年がいもなくという。私なんかもよくいわれる。この瑞々《みずみず》しい青年であるにもかかわらず、しょっちゅういわれる。（笑い）

中山 やはり身体は、適当に動かしていないとダメですね。

いまの日本の若い人は、どんなに年をとっても、環境が変わっても、やる意欲さえあればできるわけですよ。

むろんドイツは十万都市といったって、映画館が十軒以上あるわけじゃないし、日本のように、パチンコ屋はある、映画館は軒なみ、ストリップ劇場はある、というのと違いますからね。

ちょっと空手をやっている人がいれば、そこに来て習っておりますね。空手は非常にアンチョクだし、特にドイツ人自体、日本や東洋の武道にあこがれというものを持っている一つのあらわれですね。

それが日本ときたら逆になっている。

三島 逆になってますね。
若年老人病がとてもふえておりますね。若年糖尿病、若年高血圧。これは栄養過度と運動不足のためですね。

中山　アメリカでもやはり東部地区の都会に行けば行くほど、体格が衰えていますね。なんにもやらない。だから大学は、非常に体育ということを重大視しておって、やらせていますね。

三島　ケネディが〝歩け歩け運動〟をやりましたですね。

アメリカは欠陥もあるが、感心するのは、アメリカの大学生の理想像は、フットボールの選手で試合が強くて、大学の成績は一番で、女の子にもてて、ダンスパーティーにしょっちゅう行って、ガールフレンドの三、四人はいる――というのが、アメリカの大学生の理想像でしょう。

日本人じゃくたびれちゃって、それまでできないですね。成績のいいのはフットボールをやらないし、フットボールをやるのは勉強しない。このどっちかですね。これだけ栄養ができてきたんですから、日本人もこの両方ができなければダメですね。

中山　それはたしかに、ヒーローたる要求というものは、私もあっちに行って非常に感じましたね。

三島　女の子の話がでましたが、先生のお弟子さんには妙齢のご婦人がおられますけど、既婚婦人ですが、その方に道場でお目にかかって聞いた話です。黒帯のこのご婦人、新宿で暴漢に襲われましてね、誘惑されかかった。肩に手をかけられたらしいです。そのときサッと手を出したら相手の前歯が折れて、倒れたから「アラあなたどうなさったの」と、助けおこしてやったという話ですがね。（笑い）

中山　相当気を抜いているときにポンとやられると、フラフラっとなるのは事実ですね。（笑い）また助け起こしたことも事実です。

三島　彼女はなかなかの美人で、ちょっと見たところ空手の黒帯だなんて、だれもわかりませんからね。女の人はこわいですね。（笑い）

私も、ある料理屋のお嬢さんで、昔慶応に行ってた子を知っておりますが、空手の二段でしたな。けれども楚々としているんですよ。カワラでもなんでもポコポコやっちゃうんですが、自動車のスピード違反でつかまって、おまわりさんに免許証を見せなさいといわれると、ワァーッと泣くんですって！　泣こうと思えば涙がすぐでてくる。おまわりさんも女性だからということで勘弁して、見のがしてやっちゃうんですって。

女性は両方きくからいいですね。空手のときはパッとやって、泣くときはワァーっと泣く。男は片方しかないですね。男が泣いてもだれも同情してくれない。（笑い）

中山　それはあの〝妙は虚実の間にある〟という武道の極意ですよ。私ら、体得できないもので……。しかし女性は会得しているわけだ。（笑い）

ことなかれ主義の一般学生

三島　戦後の日本ではどうも力に対する軽蔑と無視が流行していて、力の技術というものに対して尊敬の念もなければ、愛情もない。そして何か口先でヒィヒィいっている人間、平和主義だの平和憲法だのといっている人間が尊敬されてきた。しかしこの二、三年多少変わってきたと思いますね。というのは全学連の暴力がでてきたということです。全学連の暴力自体は困ったことですけども、あれは、いままで尊敬されてきた人間の、実態のなさ、あるいは空虚さというものを非常によく証明していますね。

中山　象牙の塔といいますか、権威主義といいますか、やっぱりここでピリオドを打ったわけですね。これからは教授も、しっかりしたものを身につけて講義をしていかなければ、ツケやきばではもうダメですね。

三島　日本の教育の知識は、ツケやきばであり、それが完全にはがされてきたのが、この二、三年の傾向だと思いますね。ここで反省しないで、昔に戻ろうとしてもダメです。

ところで、どうなんでしょう、先生。たとえば、日大問題が起こり、大学は不正があるかもしれないという場合に、不正に対して憤《いきどお》る青年だから、それは当然だと思うのですね。

そこにどうして共産主義を持ち出してですよ、不正に憤る青年たちの立派な運動が、みるみるうちに共産主義者に利用され、不正に憤る人間イコール共産主義者ということになっちゃうのか、これが僕にはわからないですね。また、どうして力もあり、元気ないいやつらが、大学の犬になってしまうのか。

中山　これは、大学の実態を知りませんから、いろいろなことといえませんけれども、残念だと思うのは、自分たちの学校を自分たちの力でもって改革していくという意欲がない。それで立派な学生としての理想もあるだろうし、それに向かって、こういうところは不自由だからこうせよということは、学生運動としてたいへん立派だと思うんです。

ところがいまの学生運動は、こういうことから逸脱して革命の拠点にしようということになっているでしょう。だからこれはやはり、教育制度の欠陥だと思いますね。

三島 日大で残念なのは、不正があったかどうか警察庁じゃないから知りませんけど、もし不正があったと仮定しますと、全然左翼型じゃない、つまり学校の不正を弾劾《だんがい》して立派な、まさに堂々たる学生運動をやれば、ハッキリと転回点になったと思うのです。それが逆の型になっちゃって、中には非常に正義感に燃えた青年もいただろうが、右翼暴力団だのと思われて実にひどい目にあっていると思うんです。

中山 そこでいろいろなことが考えられるのですがね。

たとえば自治会の問題ですが、自治会の委員はだれが選ぶのかとか、どういう候補者が出るのかとか、どういう形で行なわれるのかですね。自治会の委員を選挙するときに、結局候補者として出てくるのは全部、なんかしてやろうという連中ばかりでしょう！　一般学生はことなかれ主義でもって、全然触れようともしない。

ですからこの際、全学生が、ほんとうの学生自治会を作るべきだと、かたよった自治会でなしに、全学生が共通の理想のもとに自治会を作るべきだと思います。

空手の中に日本の悲劇がある

編集部　先生の知られざる側面をお聞きしたいのですが……。たとえば私ビックリしたんですが、三島先生はたいへんなマイホーム主義でいらっしゃるということですね。それに中山先生がまたそうなのですよ。（笑い）痛々しくて見ていられないのは、大きな前かけをしていらっしゃいましてね、たいへんお行儀が悪くてごはんなどもボロボロこぼされるそうで……。（笑い）

三島　僕とおンなじだ。（笑い）私、洋服の襟《えり》がね、きょうのは洗濯屋にだしたばかりだからきれいだけど、いつもみっともない、みっともないといわれるんですよ。（笑い）

中山　私もホームのこととなると小さくなって、しゃべらんで引っこんでおりますよ、まいった、まいったといって……。

編集部　私も空手協会創立以来お付き合いしてきておりますが、空手という武道が、売出し方がヘタだという――たとえば柔道は正義の味方で、空手は悪漢の武器であるという見方が多いですね。

三島　そんなことないでしょう!?

編集部　ところが現にあったんですよ！

おかしな見方があるのですよ。型一つ教えるにも、これは秘伝である。教えられるものじゃないから身体で覚えるということになる。こういうところなんですね。ところがこういった空手の一つの面を、スポーツとして打ちだされたのが中山先生ですね。

中山 いつも空手《からて》であるということじゃないですか。(笑い) ふところも空手であるということかな。(笑い)

三島 空手の精神はレジスタンスの精神だと思います。つまり沖縄という国は日本のおかげで、武器を持つことを禁じられて、人間が肉体だけでどうやって敵にはむかえるかといったことで出発したわけですね。日本も非武装ということで、戦後アメリカ占領軍にやられちゃって、自衛隊を持っているが、表むきは全くの空手、裸ですよ。

戦争で負けたということが、ある意味で空手をハッキリさせたんじゃないですか。もし戦争に負けていなければ、日本人というものは、レジスタンスの精神を持たなくたって、軍人がどうにかやってくれたと思うけれども、ここでわれわれ国民が、裸で出発しなければということが空手の精神に実にピッタリするじゃないですか。空手の中に日本の悲劇というものが、敗戦の悲劇というものがこめられていると、僕は思っている。

中山 〝飛燕《ひえん》空手打ち〟が映画化になって、私も、真剣に取り組みましたよ。ということは、〝姿三四郎〟に対抗する反発心だったと思いますよ。精魂を打ち込んでね……。幸いに波島進さんが非常によく演じてくれて、歩き方から歌の歌い方まで指導しましたが、いまの高倉健がデビュー作品として一役を演じているわけですよ。

監督はやっぱり総体的に絵にしたいわけですよ。美しさをだしたいわけです。こっちはわからないものだから、あくまで空手、空手と、真剣にみせたいという気持ばっかりだった。そういう絵心がわからないのですよ。

監督が、こういうふうにしたほうが、足がきれいにでるのじゃないかとかね、フィルムのほうはコマ数を考えてやらなければならないからいろいうんですが、私のほうは、腰を低くしたつもりで、それでいいと思うと、やっぱりキャメラのポジションでずいぶん高く映ってたりね。非常に迫力があると思っていたところが、迫力がでていなかったりするのですね。

三島　黒沢明さんなんかも、なにかの映画で、城内に駆けつけて、〝開門！　開門！〟て、門をたたくところがある。役者がいくらやっても、ＯＫがでない。それでも手から血がでるほどたたいても〝ちがう！　ちがう！〟という。そうすると監督が担当の大部屋に〝教えてやれ〟と引っぱってきてね、それが、こうやって、（手まねをしながら）クッとヒネってね、ポンとやるとね、〝ヨシ！〟というわけだ。つまりなんのことはない、アングルの問題なんですよ。アングルいかんで絵が生きもするし死にもする。力まかせにドンドンたたいたって、絵にならんですね。

マイホームの問題だけれども、別に弁解するわけじゃないけれども、私は自衛隊に、四回ほどお世話になって、自衛隊にはマイホーム主義が多いということを知りましたね。奥さんをおいてきている教官なんか、僕一ヵ月付き合いましたけど、土曜日曜でもどこへも出ない。それで病人かというと、元気あふれる男ですね。そうするといま世間で考えている人間のセックスとは、いったいなんだろうかと思っちゃうんですよ。

一般ジャーナリズムは、男というものは、いつも目をギラギラ光らせて女のお尻を追っかけまわすという。三人やった男よりも、五人やった男のほうが男だ。そのほうが男としての値打ちがあるというのが、いまの一般ジャーナリズムの考え方だ。

自衛隊なんてものは、もっとも男らしい男の集団でね、みんな身体を鍛えているし、立派な男ですね。

本来、道楽するのが男だという妄念はね、僕は、イデフィックス――固定観念だと思いますな。戦後の世界はそれをあおり過ぎている。若い奴をますますあおっちゃう。（笑い）

中山　私はね、真底《しんそこ》マイホーム主義の権化《ごんげ》みたいなもンですよ。ただ、あちらこちら飛び回るもンで、家にいられればマイホームなんだが、おれないということが事実なんだな。（笑い）主義としてはマイホームであるけれども、いろいろと客観状勢によってマイホームに落ち着けない……というわけだな。（笑い）

三島　私もネ、自分のサルマタがどこにあるかもわからないですからね。

ところでよくヒドイと思うのはね、ボディビルの仲間なんか昔よく銀座のダンスホールなんかに連れていったんです。デパートガールが来ることわかっていますから目をつけてね。やつらは〝三島由紀夫と来てるんだけど一緒に踊ろう〟というんですよ。すると女の子は安心するわけですよ。そしてたのしく踊ってね、アッと気が付いたときはだれもいないですよ。みんなしけこんじゃって、勘定は私もちでしょう。（笑い）私があの魚釣のエ

サ――ギジエ――あれなんですよ。釣られた魚はみんな食われてしまう。(大笑い)

ハント・バーってあるでしょう。ここに川端康成先生を連れていったことがあります。先生が〝きれいな女の子いますか?〟っていうので〝エエ、いますよ〟っていうと、先生よろこんでついて来られましたよ。するとその日は何の日か、四十五、六歳のおばさんがずらーっと並んでいる。先生も〝こんな所いやです〟っておっしゃって、帰られましたがね。

中山 私もときどき錯覚おこしますね。私も若い女性に親しまれるんですよ。ところがね、この人は空手の先生だからつまらんことはやらないとね。外国に行ってもそうなんです。案内してくれるのが日本人の協会の指導員であっても〝先生、今度来られたときどうですか、イタリアの女性はいいですよ〟てなことというんですよ。しかし〝先生にご迷惑かけるといけないから……〟というふうにみますからね。

行動と文学は全然別の世界

編集部 三島先生はレズビアン・バーってところは行かれたことはないですか?

三島 一度も行ったことはないですよ。このごろ流行《はや》っているらしいですけども……。イギリスには『淋しさの泉』という小説がありますね。あれは二十世紀の初めごろでたものですが、とてもよく書けております。

レズビアニズムは、もっと書き方があると思うのです。いま書かれているのはまったくヘタです。

ピエール・ルイスの〝ビリティスの歌〟という詩があるのですよ。ギリシャのレスボス島でできた詩を自分でフランス語に訳したんだと、ウソをついたんです。そしたらある学者が、その原本を見たことがあると名乗りでたのです。ウソだったんですね。

ですけれども、レズビアニズムの文学作品では〝ビリティスの歌〟ぐらいきれいな詩はないですよ。

中山　私は文学のことはわからないですけども、先生のお書きになっているものを見ると、普通の文学者が取り扱わない材料でも、その中にはいって、ほんとうの楽しさを見いだそうというか、追求されているものが多いのではないでしょうか?

三島　私は、世の中にみにくいものはないという考え方ですね。人間のやることにみにくいものがあるといったら、人間を否定しなきゃならんですよね。

ローマにテレンテウスという詩人がいて、〝人間に関することなら、なんでも私にとっては人ごとではない〟といってる。

人間とは一度肯定したら全面的に肯定しなければいけないと思います。右翼だろうが左翼だろうが、どちらにも偏見をもたないというのが小説家の立場だろうと思うのですよ。

ですけども行動というものはそうはいかんですね。行動というものは自分が選んでやるものですよ。その中から自分の信じるもののとおりに行動するものです。これは取捨選択しなければならない。初めに自分の行動を決めたら、他はみんな敵ですよね。立派な人間でも、主義主張のちがう敵だったらやっぱり殺さなければならんですよね。
ですから僕は、行動と文学は全然違う世界だと思っているんですよ。

中山　私も空手の中に美しさを求めておりますよ。
昔の剣豪でも、現代の剣豪でも、持田盛二先生なんかも、構えただけで立派に絵になりますよ。ですからそういう自然ににじみでる美しさは大事だと思いますね。

三島　先生ね、僕は芸術と行動を絶対にいっしょには考えられないのですよ。
芸術と行動がどこが違うといいますとね、芸術は美が主であり、行動は、つまり行動が主なんです。そうしますと、先生がもし空手でいい型をなさる。僕が芸術家ならば、先生の美だけをとらえ、型なんかは、その結果のプロセスにすぎない。
僕が空手の先生の弟子になると、大事なことは美しさを実現することではなくて、空手の正しいフォームをとることです。ですから美というものは、行動の場合、たまたまの結果なんですよ。結果の美さえあればいいのですよ。

中山　私は、人生すべてそのように割り切っちゃっております。
汗の中から、鍛練の中から、自然に立派になれば、その中から生まれてくるということですね、結局ね。

三島　結果として生まれてくることですね。僕の場合、行動の美しいものは実は正しいのだといえますわね。

オセロは、なんで自分の好きな女房にやきもち焼いて絞め殺したか、それを人が見てなぜ喜ぶのか、これらは芸術の解けざるナゾなんです。

中山 なるほどね。

三島 ここがいちばんのキイポイントだと思いますね。しかし人間が死ぬときは、芸術家として死ぬならば〝のたれ死に〟だと思いますね。

行動人としてでなきゃ、人間の生死というもののほんとうの道はつかめないと信じております。これがつまり先生の弟子になった理由ですよ、ほんとうのところ。（笑い）

中山 （何度も頭を下げながら）たしかに武道というものは、脇目《わきめ》もふらずに堅実に一歩一歩積み上げて行くことですからね。

三島 芸術には目的がないですね。蝶々が美しい、トンボが美しい、殺人犯も場合によっては美しいですね。

中山 日本人というのは、自然の美しさを美しいと感得することが非常に強いですね。

三島 それは日本人の独特なものですよ。

中山 日本人の自然の美しさは、そのままで詩《うた》になったり、物語になったりするが、外人の場合は、詩でも美しさを表現するのは人間ですね。

三島 陽明学などはそうですね。西洋人からみれば単なるニヒリズムですが、東洋人からみれば、それがいちばんの人間完成の極致なんですね。

いま申し上げたような、二律背反というか、二つのものを完全に分ける考え方は西洋人の考え方です。日本人には本来ないです。私は自分が非常に西洋化している人間だと思っているんですがね、ものの考え方としては……。

中山 私もそういう表現からいえば、たえず人間の表現をとらえて美しさを追求するということになりますね。

三島 自然の美しさと芸術を一致させ、行動と自然、美を一致させることはなんでもないですね。

中山 空手というものは将来、実際的にどれだけ鍛錬すれば、どれだけのことができるのか、その鍛錬した手、足というものを相手のどこにぶっつければいいかということを、本格的に研究してみたいと思うのですよ。

やっぱり武道をつきつめていけばそういうことになるのじゃないですか？　残念だけれども、だんだんとスポーツ化しつつある。

三島 外国でもスポーツとマーシャル・アートはハッキリわけてますね。日本はなんでもスポーツなんですね。西洋だってマーシャル・アートは伝統化していないし、技術が体系化していないこともありますがね……。

中山 ほんとうの意味で現存しているのは日本だけじゃないですか!?

三島 日本はいろいろな文化、伝統が保存され、みがかれているということでは世界一でしょうね。〝能〟みたいな形式がそのまま残っているようなことは、外国にはないですね。

中山 空手をオリンピックのスポーツとしては残したくないのです。

日本の武道を武道として残すためには、オリンピック種目の中に入れないで、それに代わる武道世界大会ということで、柔道なり空手を保っていくのが夢なんです。

三島　われわれ西洋人に接触する場合〝羊のごとくおとなしい国民である〟ということを見せるなら、お茶でもお花でもいいが、ピリッとしたものを見せるのはやはり武道ですね。たとえばイギリスの女性に、剣をどうやって使うのだと聞かれたので、ただ指先でパッと斬る格好をしただけで真青になってふるえだすんですね。つまりなにか人にピリッとさせるものをもっていなければいけないということです。

編集部　どうもありがとうございました。

刺客と組長

男の盟約

鶴田浩二

〈『プレイボーイ』昭和44年7月8日号〉

ここ五〜六年代の鶴田が好き

三島　前からぼくは鶴田さんのファンですよ。松竹時代から見ているんですよ。ですけれども、昔のあなたより、ここ五〜六年の鶴田さんが非常に好きなんです。最近のピークは「飛車角と吉良常」だろうと思うが、「総長賭博」はあれよりだいぶ古いでしょう?

鶴田　一年半ぐらいでしょう。

三島　あの「飛車角」なんかでも、吉良常の病床に鶴田さんがすわっているときの、万感こもごも到るという顔が好きなんです。あの感情表現は、やっぱりあなたの中にある何かの感情の深いところから出てくるんだろうと思う。ぼくはそこに非常に打たれるわけだ。押えているときの顔ね、そして、自分が行動しなければならないんだが、それにはいろいろなシガラミがあって、まだできない、までできない、しかし……というときの顔が実にいい。そのファンなんですよ。ぼくは、それをこの間、いろいろ書いた。(『映画芸術』三月号「〝総長賭博〟と〝飛車角と吉良常〟のなかの鶴田浩二」)

鶴田　恐縮でございます。あの文章は、何度も何度も繰り返し読ませていただきました。ぼくら役者の場合、表現といってもいろいろな条件や制約があるでしょう。自分でこうだと思っても、そうじゃないといわれればそれまでです。それが一人でも二人でも、きっちりそれがわかってもらえたという喜びです、ぼくは。

三島　鶴田さんぐらいになっても、人に、きょうのあそこのカットがよかったよ、といわれるとうれしいでしょう。
鶴田　うれしいですね。
三島　ぼくはそれが俳優というもんだと思うね。ぼくみたいなほんの俳優の卵でも、ＯＫが出ても自分で不安で、誰かがきて、「あそこがグッと腰がきまっていましたよ」といわれると安心する。これは俳優というものの宿命なんだね。字でも絵でも、書いてからゆっくり自分で吟味できるでしょう。この線がまずいかな、ここを直してみようかな……と。だけど、俳優というものは、そのときそのときで自分ではわからないもの、ほんとうの瞬間は。

二枚目のシワと〝存在感〟

鶴田　経歴を少し読ませていただいたんですが、十四年生まれですね。ぼくは十三年ですが、でも一ヵ月ぐらいしか違わない。ぼくは十二月六日、三島さんは一月十四日ですね。
三島　それじゃ、全く同世代だ。
鶴田　ぼくは十九年の五月に、第二次の学徒動員で行ったんです。（第十四期海軍飛行予備学生）
三島　ぼくはとうとう兵隊生活知らずで過ぎちゃって……。
鶴田　さっき鶴田はここ五〜六年でよくなったといわれたけれども、若いときはだめですね。個人差はあります。

たいへん無礼な言い方だけれども、でこぼこだらけの顔で、何も考えていなくても、写真に写れば非常にものを考えてるみたいに見えるツラというのがあるじゃないですか。そういう点からいうと、ぼくはのっぺりしているし、童顔だし、いろいろ損をしますね。

三島 宇野重吉みたいな顔は、何でも考えてるように見えるんだ。一種の〝インテリ・ジャガイモ〟というものでね。（笑い）それは存在感があるんだ。鶴田さんの苦しみはわかりますね。二枚目は存在感がない。しかし、今のあなたは、スクリーンに出ていると、実に〝存在〟している。それは演技以上に存在している。それが大事なことで、これはミーハーにはわからない、絶対に。

鶴田 ぼくの友人――といっても、映画の仲間はわりと少ない。医者とか、織物屋とか、貿易会社の何かをやってるやつとか、そういうわりと〝存在感〟のあるやつが多い。その連中が無礼なことをいうんですよ、「お前はシワがめだつようになってから、やっと役者になったな」と。その晩、ぼくは考えちゃった。シワができれば、整形手術をしてでも、のっぺりしたものを持続したいというのが、日本映画のあさはかな常識みたいなもんでしょう。それで考えちゃって、やっと到達したのは、要するに、ぼくもどうやらその仲間入りができたか、役者ということを抜きにしても、一人前の男として通用するようになったか、ということでした。

三島 高田浩吉さんは、美貌タイムといって睡眠時間を大切にするそうだが……。

鶴田 私の師匠なんですよ。悪くいわないでください。（笑い）

三島 まあ、これはこれで時代劇の様式というものに生きた人の心意気だよ。長谷川一夫もそうだよ。ある様式に生きた人は、それだけにりっぱですよ。つまりぼくは、俳優というものをこういうふうに考えているんだ。シワを見せるのも俳優、シワをかくすのも俳優、どっちへ行くかは神のみぞ知るだよ。あなたは今度シワを出した。しかし、あなたまだ大してシワはないよ。（笑い）シワというものを認めるというのは時代の進歩だよ。あなたは、ちょうどその時代に、鶴田浩二というもののほんとうの姿で出てきた。これが時代の差だね。一般の大衆も、だんだんそういうことがわかってきた。

〝やくざ映画〟から〝日本人の映画〟へ

鶴田 ぼくは、三島さんに向かって映画論をぶつ愚は避けたいんだけど、要するに活動写真というものは、せりふをいわないですむものなら、いわない方がいい。むしろ、しゃべらないで、その人間がそのままワンカットの中に出れば、それがいちばんいいことであると思う。

三島 全く同感。せりふというものは、映画の本質的な要素じゃない。そのかわり、日常的な短いせりふがとってもむずかしい。これは芝居と違うところですよ。芝居では、「こんにちは」とか「どうだい」とか「一ぱいどう？」といったせりふは、そんなに重要じゃない。それがへたであっても、長いせりふがうまくいけばいいんだ。映画の場合は「一ぱいどうだい」、これができなければ、せりふとしても基本的にだめ。

鶴田　せりふに、捨てぜりふというのがあるでしょう。芝居にもやっぱり捨て芝居というものがなくちゃいけない。ちょっと説明するのが困難だけど、フレームが切れていっても、あたかもまだその人間の匂いが残っているみたいなものを、きちっと残していくという、そういうことだろうと思いますね。

三島　そうですね。ぼくはやくざ映画が好きなんだけれども、最近のやくざ映画は、一時みたいな、あさはかなやくざ否定がない。「総長賭博」にしても、「飛車角と吉良常」にしても、やくざ肯定なんだよ。ありのまま出して、それを見た人があとで否定するのは自由なんだ、主観ですからね。ポーンとお客にまかしてある。そこまで進歩した。あとは進歩すれば、やくざ映画なんていう名称はいらない。日本人の映画なんだよ。ある種の日本人が、どういうところに追いつめられたら、どう感じて、どう行動するかというテストをする映画。そうすると、もはや、やくざである必要はない。会社員であろうが、銀行員であろうが、あるとき、こういうふうに追いつめられると、こういう行動をするんだということが、歴々《ありあり》とわかる。ぼくは、それが好きで見に行く。

鶴田　アウトローの世界にカメラを持ち込んだ場合、すごく単純なわけですよ。人間の世界というものは、単純であればあるほど、ストレートに胸を打つものがある。

三島　濃度が濃いんですよ。いまはとにかく、いろんなものがくっついて、変な世の中だよ。しかし、いくら背広を着ようが何をしようが、着流しの鶴田さんと同じように、A、B、

Cと行動の選択余地がある場合、日本の男ならCに行かなければならん――Aへ行く方が楽なんだけれども、Cに行かなければならないというものがある。あなたの映画でも、そこに感動するわけだ。鶴田さんの顔というのは、また実にぴったりしているんだよ。それは鶴田さんとぼくが同世代だから、その共感が強いと思う。

あの時代は、日本人がいろいろな目にあって、もうどうしようもねエという、そういうシガラミの中で生きてきた人間だろう。

全学連と違うところは、全学連は何ものにも縛られていない。田舎から出てきて、学費もらってガタガタ騒ぐ。それなりに彼らは一所懸命やっている。利害ではやっていないだけれども、シガラミの中で人間はどうしたらいいかということは、ほったらかしてあるんだ。だが全学連もそういうものにあこがれている。だから鶴田さんの映画に感動するんだね。あこがれてるなら、あんなことやらなければいいと思うんだが、やっぱりいろいろな事情があるんだろう。(笑い)

頭のよすぎるのだけが面白くない

鶴田　ぼくは、三島さんというのは、すごく敵が多いと思いますよ。

三島　たいへんですよ、あなた。(笑い)

鶴田　みずから求めて対決してるという感じでね。そして、対決することに生きがいを感じている感じだ。反抗精神で、そのことにみずから興奮するみたいな……。

三島　一種のマゾヒストでね、それは。(笑い)

鶴田　ぼくは頭が悪いから、この間の東大全共闘との討論にしても、理屈はよくわからないけど、三島さんという人は、たいへんりっぱだと思いますよ。なぜなら、人の力を借りないもん。全く自分の感覚とか、受けとめる力、そういうもので確かめないと、「ああ、そうか」ということばの出ない人です。

三島　鶴田さんのおだてに乗っていうわけじゃないけれども、林健太郎さんが東大に閉じ込められちゃったが、まわりは、林さんがたいへんだ、たいへんだというだけで、何をするわけでもない。そこで海軍予備学生あがりの阿川弘之《あがわひろゆき》という友だちと相談して、「とにかくここでただボヤッと見ているのはいかにも情ない。その場へ行って確かめてみなければ、理屈をいってもしようがないじゃないか、行ってみようや」ということになった。

待ち合わせ場所に、彼がハンカチを五枚持ってきた。出かけるときに、血が出るかもしれないから女房に命じてハンカチをたくさん出させたんだそうだが、……(笑い)ぼくはジャンパーの中へこっそり鉄扇をさしていたが、行ってみるとそれほどのことはない。もう笑い声だ。だけど、どうしても行ってみたくなっちゃうんだね。おっちょこちょいだといわれるんだけど、確かめもしないで遠くから理屈をいってもしようがない。

今の時代はますます複雑になって、新聞を読んでも、テレビを見ても、真相はつかめない。そういうときに何があるかといえば、自分で見にいくほかないんだよ。

鶴田　あなたはとても勇気のある人だと思いますよ。

三島　ただ好奇心だよ。

鶴田　否定しないでください。あなた、人の主観を否定することはないわけでしょう。(笑い)あなたのは勇気ですよ。何も力むことが勇気じゃない。事の理をちゃんとわかって、その理をきちんとつとめられるのが勇気だよ。

三島さん、自衛隊に入ったでしょう。面白おかしくて入れるか。三島さんはやっぱり自分を確かめたかったわけだ。日本を確かめたかったわけだ。民族を確かめたかったと思う。少なくとも、小説を書く人で、自衛隊に入って、自分の目と体でつぶさにそれを確かめた人はほかにいるか、いないじゃない。

三島　悪口だけはいうんだよ。

鶴田　三島さんのあり方が正しいかどうかは主観の問題だから、これはさておいて、少なくとも勇気があるということは、これは誰にも否めない。それだけじゃない。いろんなことを三島さんは、自分の体で、生活で、一つ一つ確かめているじゃないか。これは緻密な計算だ。頭がいい証拠。頭がよすぎて面白くない。ぼくが三島さんに反発を感じている点があるとすれば、頭がよすぎるという、それだけですよ。しかも、勇気があるからなお面白くない。軍隊の経験のカケラもない人に先んじられては面白くないよ。(笑い)

原爆碑を爆破せよ

三島　いよいよ出たね。（笑い）

そこでぼくがあなたに聞きたいのは、『きけわだつみのこえ』の彫刻が全学連にぶっつぶされて、オレは喜んでいるんだ。あなたの考えとオレの考えと、どこが違うか確かめてみたい。ぼくの考えをいうと、『きけわだつみのこえ』というのは、ある悲しい記念碑ではあるけれども、どこに根拠があるかというんだ。テメエはインテリだから偉い、大学生がむりやり殺されたんだからかわいそうだ、それじゃ小学校しか出ていないで兵隊にいって死んだやつはどうなる。

『きけわだつみのこえ』なんていうセンチメンタルな本を誰かが作為的に集めて、平和主義の逆の証明にして、ああいう像をおっ立てた。全学連は、何だかわからないんだけれども、この野郎、大学の進歩教授と一つ穴のムジナだろうと、ひっくり返しちゃった。動機は単純だが、あれをひっくり返したというのは重大事件だ。この次ひっくり返すのは、広島の「この過ちは繰り返しません」の原爆碑、あれを爆破すべきだよ。これをぶっこわさなくちゃ、日本はよくならないぞ。

鶴田　三島さんとは考え方のコースは違うかもしれないけど、結論は同じだよ。ぼくは学徒兵なんです。学生が自殺行為に近いことを強いられたことは事実。その悲しさは確かにあります。ありますけれども、われわれの仲間はほとんど独身者だったんですよ。一方では、一家の支柱になっている男が、赤紙一枚でいきなり持っていかれるわけです。野ネズミみたいに輸送船に乗せられて、たまたま無事に着いたとしても、名も知れない南の島の中で、野ネズミといっしょに朽ちはてて、骨も拾ってもらえない。この方がよっぽど悲惨。三島さんのいわれたことと同じことだと思いますよ。人間として、真実に向かって、誰がどうひたむきに生きたかということがいちばん大事だと思う。

三島 『きけわだつみのこえ』なんていうのは、一つの政治戦略だ。前からぼくは反発していた。

鶴田 ぼくは文学者でないから極言はしないけど、三島さんのいわれることは、すごくよくかります。右翼でも、好戦的な男でも何でもないけれども。

三島 いま筋の通ったことをいえば、みんな右翼といわれる。だいたい、〝右〟というのは、ヨーロッパのことばでは〝正しい〟という意味なんだから。(笑い)

軍刀をもってかけつける

鶴田 でも三島さん、むずかしい理屈はよくわかりませんが、日本がおかしくなれば、ぼくはもういっぺん飛行機に乗って飛んでやるという気概だけはありますよ。

三島 そこでぼくは考えちゃってるんだ。アメリカ人が日本人を傷つけやがるんだ、銃剣で。

鶴田 あなたは極言しますねェ。いつもあなたはそういう調子ですか。

三島　そうですよ。（笑い）あれは、一方が、さあ殺せ、殺せといって、そこに銃剣があれば傷ついちゃう。極端にいえば、あれはそういうものだと思うんだ。けれども、オレがその場にいたらどうするか。やはりアメリカ人になぐりかかるしかないと思うんだ。

これが赤尾敏とオレの違うところなんだ、よくいっしょにされるけれども。（笑い）赤尾敏はそれなりに節を守ってきた人だと思うが、エンタープライズが入ってくると、アメリカの旗と日本の旗と両方もっていって、アメリカの基地を守れ、安保体制を守らなければ日本はダメになる、とね。これはマダム・バタフライの子供。（笑い）あの子供は、両手に日本の旗とアメリカの旗を持って、「おかあちゃん、死んじゃいや」と、かけ出してくる。それじゃ情ない。日本のナショナリストがそこまで追いつめられたのは悲劇だと思う。

もし内地で、アメリカ人が日本の全学連を銃剣で突き刺したとしたら、オレは飛んでいってアメリカ人をぶった斬るという気持になる。全学連に断わっとくが、お前たちの主義主張に共鳴してこんなことをやるんじゃねエぞ、お前たちが日本人だからオレはやるんだ。しかし、テメエら、日本人だということを自覚していないじゃないか。オレがこれをやれば、お前ら自分が日本人だということがわかるだろう。こういうふうにやるしか考えようがない。

だから、日本というのは、そこまで追いつめられているんだ。かんたんに安保反対だの賛成だのの問題じゃない。いまぼくは幕末の映画（「人斬り」）に出ていて、なるほど、幕末ってそういうものだなあと思ってね、あらためて面白くなるけど、いろいろなイデオロギーがごっちゃになっちゃう。勤皇、佐幕、開国、攘夷と四つあって、それが順列組合せになる。佐幕勤皇、佐幕攘夷、佐幕開国、勤皇開国、勤皇攘夷……とあって、まるでダービーだ。（笑い）ただひとつなかったのは、開国攘夷。（笑い）今の日本の状況は、だんだんこうなっていく。沖縄の事件ひとつみてもそうだね。鶴田さん、極論だがね、ぼくはそういうとき、日本人としてどう処すべきかということをよく考える。

鶴田　ぼくはね、三島さん、民族祖国が基本であるという理《ことわり》ってものがちゃんとあると思うんです。人間、この理をきちんと守っていけばまちがいない。

三島　そうなんだよ。きちんと自分のコトワリを守っていくことなんだよ。

鶴田　昭和維新ですね、今は。

三島　うん、昭和維新。いざというときは、オレはやるよ。

鶴田　三島さん、そのときは電話一本かけてくださいよ。軍刀もって、ぼくもかけつけるから。

三島　ワッハッハッハッ、きみはやっぱり、オレの思ったとおりの男だったな。

肝胆相照らして、いささか興奮の面もちの鶴田氏は、対談が終わってから、夫人同伴で三島邸を訪問、さらに深夜まで憂国の論議をつづけた。

三島邸辞去のとき、門前の三島夫妻は、鶴田氏の車が見えなくなるまで、雨の中に立ちつくして見送った。

鶴田浩二は、車のなかで夫人につくづく述懐した。

「だから俺はたまらないんだ。こうしてまで、俺を見送ってくれる、あんなキチンとした日本人はだんだんいなくなっちゃう。」

大いなる過渡期の論理

行動する作家の思弁と責任

高橋和巳

〈『潮』昭和44年11月号〉

大学教授への失望から言語表現全般への不信

三島　戦後、平和憲法で力のないものが正義だということになって、力のあるものはみんなやましい日陰の暮らしをしなければならなくなった。警察も日陰者だし、自衛隊も日陰者、政治家だって多少権力がつくと、人の顔色をうかがってものをいわなければならない。そのなかで、だれが見ても肉体的に無力なのは大学教授だ。これなら殴りかかってくる心配がない。喧嘩しかけてくる心配がない、だから正義を代表する人間であろうと思われた。

社会的に権力を持たない、無力のごときひとたちが、いちばん学問的良心と思想的良心を守っている立派なひとたちであるといった伝説が流布したんじゃないか――たとえば新聞記者なんか力を持っちゃったから正義だと思われない。だけれども大学教授は無力だから、このひとたちのいうことを聞いていればまちがいないだろうというので信用を博した。いうことはみんなありがたく受け入れられるし、軽井沢あたりをベレー帽かぶって歩いていればみんな尊敬する。

そういう人たちは、たいていサロンで政治がどうだ、権力がどうだと議論している。いつも白い手袋でね。そういうのが戦後知識人の代表だったけれども、ひとたびアカデミックな世界の中で力というものが動き出すと、力との対照において、いままで無力の新鮮さだけが見られたのに、こんどは無力の惨めさ、醜さがはっきりしてコントラストが際立った。なんだ、学生に殴られて、いっていることがちがってきたぞと、世間が信用しなくなっちゃった。最近、大学教授がとかく問題になっているけど、結局はそれだけの話じゃない？

高橋　そうですね。少し別の観点からいいますと、大学教授というのは嘘をいわないひとびとのようなイメージがあったんですね。

三島　そう。

東大全共闘はなぜ三島由紀夫を招いたか

高橋　政治家というのはしばしば嘘をつく。大学教授というのはそうやたらに嘘はつかないだろうというので、一部のひとびとに尊敬された。大学教授だけじゃなくて新聞だって、大本営発表をそのまま伝えていた戦争中に比べれば一応は事実を伝えてくれているという信用を、戦後数年間ぐらいは保っていたんじゃないかと思います。大学教授というのは、そういう事実の伝達だけじゃなくて、事実を改善したり理念化したりする過程でほんとうのことをいってるんだろうという信頼感があったと思うんですね。ただ、いったん大学の内部から教授たちが凭《よ》りかかっている制度そのものにたいする批判が高まりますと、大学教授も政治家とはそう違わない対応と表現をしてしまった。そして結果は大学教授だけにとどまらず、言語表現全体に対する不信が高まりましたね。

そういうサロン・コミュニストを、セクトのひとたちははじめから信じていなかったけれど、ノン・セクトのひとたちは信じていたと思うんですね。だから期待が大きくて、同時にまた、期待を裏切られた絶望も大きい。

セクトのリーダー格のひとびとは政治慣れしておりますから、押す必要もあれば引く必要もあることを知っているし、自分自身が政治員ですから駆け引きの言語をつかうこともあれば、アジテーションして非常に困難な課題を既定の事実のようにいったりすることもあるわけですけれども——ノン・セクトのひとたちが大学の先生に失望したということは大学の内部にだけはとどまらないで、言語表現にたずさわっている者全体への不信感に膨脹し、それが今や、じわじわと文学のほうにも押し寄せてきているわけで、これは教授の社会的地位云々の問題などとは比較にならぬ重大な問題というべきですね。その点三島さんなんか信用がある。（笑い）もともと三島さんが戦後文学で貫かれた態度自体が、黙っている人間の内面というのは深いもののように想定されるけれども、それはたいしたことはないのであって、外に表出することができた思想だけがほんとうだ、という立ち場にあるわけですね。

東大の全共闘との話し合いを拝見しましたけれども、なぜ彼らが三島さんをよんだか。それは、内面を推察してくれというタイプのインテリにたいする不信というようなものを、三島さんにたいしては抱いていないからですね。同時に、大学教授では満たされなかった言語および表現者にたいする信頼感をどこかで確かめたかったからですよ。きっとそうだろうと思います。言語にたいする信頼感はぱたぱたと崩れてしまいましたけれども、これをどこで食い止めるかによって日本の戦後の精神のありかた、言語にたずさわるものの帰趨《すう》《き》は決まるんじゃないでしょうか。ただ、それが直ちに政治的な変革につながるというふうには、ぼくは思っていません。

三島　高橋さんが根本的なことといっちゃったけれども、言語表現の最終的なもの、もうこれしかないというもの、つまり信ずるということ——そういう信仰行為と、革命なりなんなりやるという行動とのあいだに横たわるおそろしい深淵みたいなもの、そういうものは全共闘の学生は頭がいいからわからないとは思わないがね。しかし、それにからだを賭けているのか、ぼくは聞きたいんだよ。深淵みたいなものをほんとうに感じるということは大変なことなんだ。

言語表現自体に何物かを賭けてなければそれはわからない。行動にも何物かを賭けてなければそれはわからない。ぼくが文武両道なんて気のきいたことをいうのは、それを賭けろということをいいたいからなんだよ。自分の最終的な信頼の根拠として言語を信じるということと、ゲバ棒振っても機関銃持ち出しても、なんでもいいんだ、それをやることとのあいだのおそろしい深淵に直面してほしい。そして、そのときにことばはだめで機関銃になるかもしれない。機関銃はだめでことばになるかもしれない。それを見てほしい。

だけれども、ぼくははっきりいって二十や二十一の学生にそれを求めることは無理だと思うんだ。吉本隆明でさえ、全学連の文章に頭が痛くなっちゃったといってるんだ。（笑い）あれ、言語なんてものじゃないよ。

ところで高橋さん、ノン・セクトの説明してください、ぼくよくわからないんだよ。

政治の論理と倫理的価値の相克をどうとらえるか

高橋　いま、大学の闘争のなかに非常に倫理的な部分がありますね。きびしく相手の矛盾を衝くと同時に、ある程度自分の矛盾もさらけ出す。これは従来の政治青年だけの運動だと出てこない。大学のこんどの行動のなかに、これまで政治のことには口出ししなかった青年たちが参加している証拠ですよ。こういうひとたちが政治をやりだすと、よくも悪しくも極度の厳格さを要求しだすわけです。

全世界の矛盾を担わねば解答できぬ設問が個人にむけて飛び出す。理念とは法則の異なる現実に立脚する政治の局面では、こんなこと無理なんですけれども、ただ大学の内部では相当意味を持つ。相手が教師ですから、あなたがやっていることは倫理的に恥ずかしくはないか、理念的にどうなのかなどという設問はかなり力を発揮するわけですよ。ノン・セクト・ラジカルといっても各大学でいろいろありかたは違うでしょうけれど、まあ、運動の道徳面を代表しているのがそうだと思っていいんじゃないですか。

三島　なるほど。またしても政治と倫理の問題になる。政治にたいして倫理性を求めるというのは、いかにも政治音痴のやりそうなことだよ。自分は倫理を代表し、相手は政治を代表するという潔癖感でやるのか、相手の袖にすがってでも政治に倫理を持ってほしいとお願いするのか、ぼくはその態度の差で非常に違ってくると思う。というのは、戦後の民主主義文学とか近代文学派とかいうのは、政治に倫理を持ってほしい、とすがっている。ベタベタ悪女の深情けみたいなものを感ずるわけだ。ところがスターリンだってなんだって倫理なんてありはしなかったよ、彼らがやってきたことは。

倫理の問題について完全な非政治主義、反政治主義をとって闘うか、倫理の問題を政治にたいする要請として持ち出すか、ぼくはその精神的態度の違いで人間が良くも悪くもあり、堕落もすれば敗北もする——敗北というのはいい意味でいっているんだけど、そのどっちかだろうと思うんですよ。ノン・セクト・ラジカルってどっちなんだろう。

高橋　学内紛争というのは、はじめから政治が問題になったわけでもないんですね。非常に倫理的な問題だった面もありますよ。たとえば処分の仕損いだとか、学校責任者の汚職だとか、そういうことが大きな契機になっていることから見ても、ごく普通の市民倫理みたいなもので動き出したところがあるわけです。大学というのは不思議なところで、戦後、どんな企業だって自分の企業が生きのびるために内部改革やったのに、大学だけがそれをやらなくてよかった。

ですから、ずっと戦前からの体制みたいなものを持ちこしてきて、表に向かって進歩的だったけれど、内部の人間関係、人事のありかたは建て前を大きく裏切っていたわけですよ。そういう面に対する怒りがぶつぶつくすぶっていたのか、一つの大学で火がつくと、ほかの大学にも広がった。国家の干渉なしに問題を内部ですぐさま自律的に処理していたら様相は変わったかもしれないですね。

三島　ぼくもそう思います。大学問題、ごく個別的にぱっぱっと片付ければ、こうならなかったんだろうと。でもね、さあどうかなという気持ちも一方にある。

高橋　やっているうちにノン・セクトのひとたちも退《ひ》くに退けなくなって顔つきも変わってきて、政治をやっているわけですよ。（笑い）大学としては内部に問題があることははっきりわかって、しかも普通の市民心理で見てどうもよくないということはわかっているのに、それをほかの力の干渉を待たねば改めることはおろか、公然たる問題にもできなかった。怒った学生諸君がより上の力、より上の方の力へと追及対象をエスカレートさせていって、いちばん上の力を奪いとるために自分たちの力を結集しなければならないと発想するようになったのは当たり前でね。

当たり前だけれども、そういうふうにしてピラミッドのいちばん上の権力を奪回することに成功したところで、結局、日本人というのは上から命令されないとなんにも改めないのであって、これではどうしようもないわけですよ。大学ぐらいはそうでなくとも改める能力をもっと思ってたんですが、残念ながらやっぱりできなかった。

革命運動ではなく正義運動にすぎない

三島　人間の倫理的価値なんてものが信じられるかどうかはまた別として、それを左右するのは、唯物論みたいだけど、まず経済的な基礎がなにによって動かされているかという問題だと思う。ぼくは小さな運動やっていますけど、金がどこから出てくるかというのはモラルの問題で、それしかないんだ。ぼくは原稿料で稼いでるんだから、間接的には出版社から出ているということになるんだろうが、運動やる場合には金だけだね、問題は。たとえば、あのひとは倫理的な人物だというけれども、それは家の財産があったり親父の遺産があったりなにかで倫理的であり得ているだけだ。人の倫理的性格を厳しく求めようと思ったら、おのずと金の問題にひっかかるし、どんどん分析したら政治の問題までいっちまうね。権力をとったらその瞬間に腐ることはわかりきっている。朝、魚河岸に着いた魚は夕がたには腐りますよ。

高橋　しかし、学生諸君は権力がほしいわけじゃない。少なくとも、今のところ大部分の人は。

三島　そう、ほしいんじゃないね。しかし、権力を持たないで執行することができますか。

高橋　最近の学生運動は、みずからの権力幻想によるプログラムをたてないということのほうに傾いていますから。

三島　そうですね。

高橋　それはそれなりにわかるような気がするんです。いまの段階では、相手のほうが圧倒的に強い。しかし、どんなに強い相手でも、弱い部分もあれば、自壊作用を起こす急所もある。そこを諦めないで突いていけば、「ひょっとしたらひょっとするかもしれない」と。だけど、権力をとって、敗戦直後二・一ゼネスト当時の共産党のように、おまえを文部大臣にしてやるとか、おまえは大蔵大臣にしてやるとか、そんな計算や発想はぜんぜんない。

ともかく権威者の欺瞞の暴露と、その背景にある権力との衝突、それをひき出せば、ひとまず成功というわけであって、経済的な基盤を崩そうとか、そういうことは目下のところはあまり考えていないようですね。

三島　偽善ということがはっきり表へ出れば勝利だという考えかたですね。

高橋　だから、革命運動を目ざしてはいますけれども、北一輝《きたいっき》にならったいいかたをすれば正義運動だと思います。

三島　なるほど。それならモラルについていいましょう。与えられた法というものは法である、その法の根底を崩さなければ盲従するほかなはい。これはソクラテスのやりかただ。次に良くても悪くても、もし法に従わないという決意を固めれば、法を崩す方向に行かなければならない。法を崩す根底になるのは、いつも手段が目的に優越するわけだ。そして、その手段があらゆる不道徳を犯していくわけですよ。その最終目的に行くプロセスにおいてモラルというものは完全に崩壊する。それはいつの場合も革命家の悲劇だね。

いま、全共闘を囲んでいる法というのは、それほどきびしくないやね。保守政権下、われわれに与えられたつまらん法律がある。ぼくら学生時代、裁判官が栄養失調で死にましたよ。絶対に法を守って配給食糧だけで闇買いをしなかったから死んじゃったわけだけど、いまは法律のもとで暮らしても餓死はしないんだ。

闇買いをやらなくたって死にやしない。アルバイトやってれば食えるもの。つまり、「法か死か」というところにきていない。そのなかで実定法に従えば精神的な死あるのみだというのだろうか。それはあくまで精神的な死で肉体的な死じゃない。だから、もし法の根拠を崩そうというのがわれわれのモラルであると考えるならば、そのモラルは法を前提にしたモラルよりもよほど厳しくなければならない。たいへんなことだと思うんだ、それを自分の身に引き受けるということは。

高橋　いまおっしゃった発想、良くわかるんですけれどもね。そしてぼくたちはどうしても大学のなかでそういうことを極限化しがちなんですけれどもね。最近の学生諸君の動きや個々人のパーソナリティーを見ていると、ちょっと違うなという気がするんです。たとえば、安田講堂が機動隊によって封鎖解除されたときに、戦中の世代のひとびとは、たいていこういいましたよ。二、三人は死ぬんじゃないかと予想した、と。

三島　ぼくもその危険は感じた。

高橋　身を投げるか、中で自殺するか、そんな危険を感じてはらはらした。戦前のものの考えかたを知っているひとは、そういうふうに思ったはずなんです。ところが、ぱっと白旗掲げて降りてくるわけですね。（笑い）非常に失望したという人もあるんですが、ぼくは戦後の憲法のもとで、極限までいってない状態のもとで育った良さと悪さが両方出ていまして、あそこで抑制をきかせることができたとみる。いったん、白旗掲げて降りてきたら、相手の裁きのまま服するというのがこれまでの日本人の考えかたですよ。しかし、現代の青年はそうは考えない。拘置所の中で衣類を水につけてでもまた頑張る。統一公判か分割公判かでまた頑張る。頑張っているうちに、人数が多すぎるのなら、どこかの公会堂で裁判をやればいいじゃないかと考えつく。

三島　非常に西洋だな、あれは。西洋人ならあれでいいんだ、死ぬことはない。

高橋　いつから日本的心性が変わったのか知らないけど。

三島　それは戦後、西洋ってものが日本人のからだにしみ込んだからでしょう。実はあのとき、ぼくは警視庁に電話したんですよ。もし一人でも死ぬと、日本人のエモーションがどう動くか計算がつく。ぼくは全学連を西洋的な運動だと規定しているが、それが日本的な運動に転化するんじゃないかという危険を感じたんだ。で、電話をかけて「すぐヘリを出して、催眠ガスをまいてくれ」、そしたら向こうは黙って聞いてて「はい、三島さん、まことにどうも結構なお知恵をありがとうございます。実は五分前に全員逮捕されました」。（笑い）あとで聞いてみたら、催眠ガスというのはまだ使いにくいんだって。味方にもきいちまうらしい。（笑い）

正義運動の行動と表現行為のウエイト

高橋　三島さんでしたね、現在の学生運動を象徴的な行為だといわれたのは。これは当たっていると思います。正義運動だからそれは可能であって、正義を糾《ただ》す場合には、デモをかけるにしても向こうの防衛している城砦の真っ正面からぶつからねばならない。

ことばを刻むように行為を刻め

三島　ところが、象徴的行為という意味には半分からかいをふくんでいるんだ。正義運動ということばはいいですよ。正義は表現されなければ正義でないから表現する。それには二つの方法がありますね。一つはマス・コミュニケーションの大変な発達のなかにおける表現、一つはこれだけしかないという最後の表現。ことばというものは、これだけしかないというところに属すると思うから、テレビや座談会で喋っていることばはことばじゃない。高橋さんやぼくが書斎のなかで一晩考えたことばがほんとうのことばであって、これが表現行為だと信じてるよ。だけど、もう一つ偽《にせ》の表現行為を昭和三十年以降、世界中が作っちゃった。テレビジョンとマス・コミュニケーションがね。

学生の正義運動の表現を選ぶときに、どちらを選ぶか。これは人間として根本的な選択だと思うよ。つまり、これしかないという表現を体でもって選ぼうとすればことばだね。最終的に、ことばか身を投げることしかない。それはもっとつきつめれば焼身自殺だよ。このあいだ、アメリカの国会議事堂で自殺した少年と同じだ。これはことばにかけると同じ重さを、からだにかけた行為だと思う。これが表現なんで、それ以外の表現は嘘なんだ。嘘なんだけれども効果はある。

アメリカ大使館の窓から旗を三つぐらい垂らせば世界中に報道され、これはたいへん象徴行為になって効果があるんだけれども、根底的に意味はない。意味がないんだけれども、意味があるかのごとくなっている。そして、全学連は最終的に意味があるかのごときところで満足しているということが表現者として気に入らないんだ。

これは正義運動としての事故冒瀆だよ。正義運動を正義運動たらしめる根底的なものは、最終的に自己破壊しかない。それができないということは、もう一つの表現のところに頼っているんだ。なんでもかんでも死ね死ねというんじゃないけど、ベトコンのテト（旧正月）攻勢、あれだって表現行為だね。あれが戦局を完全に変えたんですよ。

全学連のやっていることで、戦局を変えるようなことは、なにひとつやってませんよ。少なくとも正義運動だとしたら、それは政治じゃない。政治じゃなかったら効果なんか考えるべきじゃない。無効でいいんだ。無効でいいならば何千万人に知られるなどということは考える必要はないんだ。そして、テロリズムといわれようとなんといわれようとかまわない、ことばを刻むように行為を刻むべきだよ。彼らはことばを信じないから行為を刻めないじゃないか。もっとも、それを彼らに要求するのは無理かもしれない。というのは、教育が彼らにことばというものの最終的な意味と重さを教えなかったから。そしてそれは日本の文士、へっぽこ小説家どもの責任でもある。だから、彼らはことばの軽さに慣れて、テレビ的行為をすばらしい政治行為だと思っちゃうんだよ。

高橋　それは彼ら自身もおそらく感じはじめているんじゃないですか。納得しないものはなにもしないという戦後の民主主義のいい面を持っていますから、極限状況をつくり出して、耐えてみせるか自滅するかというところまで急激にいくかどうかわかりませんけど、何度かやっているうちに無効性に気がついてきた。ですから、少しずつ少しずつ変わってきているようで、たとえば東京のほうでは力を持ってないですが、ブントという組織が分裂して、関西に赤軍派ができた。いまのところ武器は持っておらんようですけど、だんだん軍事訓練みたいなものをやらんといかんということをいっているようです。

中国の辛亥《しんがい》革命では、自分たちの武器とその資金を借りに世界中を渡り歩いているわけですが、ああいう形で外から借りてもいいじゃないか、と。それが論争の焦点になってるらしいですね。ぼくは、革命勢力の世界的連帯の名分にも拘《かかわ》らず、武器を外から借りたり、借りたいと発想してはいけないと考えますが、外国の、たとえば中国は、貸してくれと申し出れば貸してくれるだろうという予感がするんですよ。理論上、そして態度の上の、大きな岐路に、ここ半年、一年のあいだにさしかかる。日本は個人で武器を持っていませんけど、アメリカその他の学生運動を写したものなんか見るとすごいですね。

三島　無反動砲まで持っているんだよ、あれはすごいよ。

高橋　ただぼくはそのことのよしあしを三島さんのようにいい切ってしまえないなあ。

三島　ぼくは敵を忌避してるわけじゃないんだ、挑戦してるんだ。(笑い) 相手が怒るようにものをいってるんだから。ただ、彼らが自分なりの革命的な行動と表現行為というもののウエイトをどこにおいているか、興味があるわけだよ。表現行為というものをいくぶん甘く見てるんじゃないか。新聞でどう評価されたかも問題だろう、どこのテレビに採り上げられたかも問題だろう。しかし、それがなんだというんだろう。われわれ小説家のいやらしさは文芸時評で褒められているかどうか知りたがることだけど、それと同じことじゃない。文芸欄と社会面との違いだけで。

学生運動にみられる責任の所在と論理

高橋 どういうことかよくわからないけれども、完全に陰謀的な政治行動だったら自分がやることは黙っとくはずでしょう。ところが最近の学生運動は、これは安保以後の特質だと思うけれど、必ず予告するんですよ。

三島 そうなんだ。東大全共闘と話しあったときだって、ぼくはひょっとすると本に入れられるかもしれないと思って、ある出版社には知らしたけど、ほかには知らせなかった。いってみたらびっくりしちゃったよ、テレビやなにかがいっぱい来てる。みんな向こうさんが呼んだんだよ。こっちよりもよっぽど頭が良くておどろくね。（笑い）やはり、マス・コミュニケーションの世の中の一定のルールに従うというのは、いちばん効果的であるということなんだな。彼らもファクトを信じない時代の子で、自分らのやることはファクトだと思っていない。

一定の仕組まれた政治的プログラムのなかの一つのパブリシティだと思っている。パブリシティとファクトとを厳密に分けなければわれわれの言語信仰は崩れるわけで、そこが気に入らない。全学連は、どこにファクトがあって、どこがパブリシティなのかぜんぜんわからないでしょう、これはある意味ではいちばん気味が悪いよ。

高橋　ええ、ええ。

三島　文士というものはばかなことといって歩いて、どこがほんとだかわからないけど、活字に定着したものはファクトですよ。あれがファクトじゃなくなったら、その瞬間から、文士というものは崩壊しちゃうんだから。ところが、ファクトとパブリシティを分けるのは古いという考えがあるんだよ。

高橋　たぶん、そうだと思いますよ。(笑い)

三島　たしかにね。

高橋　運動でもそうでしょう。ある原理があって、原理の現実形態として党派があって、その内容には人間関係を含む特別な関係性があって、それが主体になって何事かを企画し、有効性の度合いをはかって行動していくわけでしょう。現在の全学連の運動というのは、良くも悪しくもアナーキーなところがありまして、ある事件の場面で参加しているやつが集団の成員で、必ずしもいろいろな場面で行動を共にする必要はないわけです。

全共闘の内部で非常に重大な決定がなされ、行動が予告される。従来の党派ですと個人的事情は勘案されなかった。ところがいまは、デートの約束があったりすると抜けていいんですよ。これが旧左派のひとびとにはどうもわからないところなんですね。

デートがあればデモにこなくてもいい論理

三島　そこが小田実の市民主義運動の接点だろうね。しかし、そうなると、だれが責任をとるか。

山本義隆がつかまっても、責任者がつかまったんじゃないみたいね。あれはどういうことなんだろう。(笑い) ふつうだったら最終責任者が捕って、大会は崩壊して、それでおしまいよ。だけど一方じゃ、大会は堂々と開かれている。まるで考えられない。彼らはどういう責任の観念があるんだろう。

高橋 秋田明大が、運動者というものは牢獄のなかに放り込まれたら運動者の意味はなくなって一個の人間に還らざるを得ない、という前提で手記を書いていましたが、しかし、もともと一個の人間である側面が現在では強い。ゲバの予想される場合でも、出ていくか出ていかないかは割りに自由なんです。デートがあればいかなくともいい。だからこそ出ていきますと、自分が負傷した場合も相手を傷つけた場合も責任は個人に還元される。有名な話ですが「全存在をかけて殴る」といういいかたがある。出ていくからには自分が引き受けるという覚悟でやるわけですね。

三島 それはまたおもしろいね。だけど、こういう態度はとれないのかしら。たとえば自分の論理からいって警官を殺してもよろしいが、自分という存在は法に従って裁きをうける、と。その論理があれば国民は納得するよ。

高橋 ぼくたちが理解している戦前の革新派のひとびとは究極的にそういう論理だったと思うんですけど、現在の学生運動家はそういう論理ではなさそうですね。うまくいえないのですけど、なにか違うんですよ。

三島　ぼくは法廷闘争でもわからないところがある。というのは法というものの考えかたですが、現在の実定法は反動政権の権力が自分の都合のいいようにつくった法律だからこれに服従する義務はない、法廷でも裁判官の権威は認めないと彼らはいうけれども、法律は六十パーセントから七十パーセントは慣習だよ。法律に規定されていることは論理と関係がないんだ。

慣習が非常にばかげたことを人間に求めて、その慣習を法律にしたというのが英米法の基本だし、ドイツ法はなるたけ自然法に近づいて論理的に構成しようとしたけれども、五十パーセントのズィッテ（慣習）が残った。だから、それにたいして闘ったってしようがないんだよ。あれは反動勢力が作ったものでもなんでもないんだから。日本人のなかにあるズィッテ、それにたいして闘うんだったら、別のやりかたがあるので、法律を理性の産物と考えるのは論理的でないと思うんだ。法律のなかで理性の占める分野なんて半分しかありゃしない。

果たして日本では革命が起こりうるのか

高橋　学生諸君が団交というのを持ちますね。これは計算したわけではないんだろうけれども、意外に効果を上げているわけですね。これをやられると大抵の先生はまいっちゃう。将棋倒しに倒れるんですね。

学生諸君は先生がたがあんなにまいると思ってやっているわけじゃないんですけれど、しかし、先生がたの世代の日本人には公衆の面前で恥をかかされるということは、とってもこたえるんですね。だから、学生諸君は期せずして「恥の文化」と関連する日本のある種のズィッテを利用してうまくやっていることになる。実際上、罰を加えるわけでも、損害を与えるわけでもないんだけれども。

三島　日本語をフルに利用している。外国語ではひとを罵倒するときも「ユー」だし、尊敬するのも「ユー」だけど、日本語で「あなた」から「おまえ」に転落するのはたいへんなことだよね。受けるほうとしては、そりゃあわてちゃう。これは日本語の特質ですよ。外国語だって失礼な表現やことばはあっても根本的に人称までかわるわけじゃない。ぼくはこのごろ、学生のああいうことばに慣れてなんとも思わないね。

高橋　ナンセンスという合いの手が入らないと講演していても本気にならない。(笑い)

三島　こっちが慣れちゃうと効果がなくなるから困るだろう。(笑い)

高橋　そういう意味じゃ、おもしろいというのか、予期しない、いろいろな問題をたしかに提示しましたね。

三島　うん、おもしろいね。ただ革命という問題はどうですか。革命は成功すると思いますか。もし成功するとすればどんな形で成功しますか。

革命はある少数の人がやるもの

高橋　ぼくはマルクス主義者のかたと違いまして、革命というのは案外少数の人がやるものだと思ってるんですよ。そして、少数者のなかに占める学生の役割りは非常に大きいだろうと思う。明治維新のときにしても、ぼくはこのまえ「人斬り」という映画（三島氏が田中新兵衛の役で出演）を見たんですが、（三島氏哄笑）路地で少数者が斬り合いをする。だが生活者の生活は変わりなく続いていただろうと思う。これは中国の辛亥革命のありかたなんか調べても、上海なんか血を流さないで成功したわけですが、参加者は詰め襟の学生ばかりなんですよ。結局、学生がやっちゃったわけですね。また騒いでるな、といってるうちに済んでしまった。

　日本の場合は東京で指令すれば北海道まで届きますから中国のようなわけにはいかないでしょうけれども、学生がやっさもっさやっているうちに、ひょこっと——革命というのはプランがあって教典があって、その通りにやれるわけじゃなくて、偶然、相手が潰《つぶ》れちゃうということがありうると思いますね。

三島　ただ、六〇年は十万とか十五万とかいわれましたが、あのとき社会党はびっくりしてなにもできなかったでしょう。ほんとうにその気があれば絶対に人民政府ができたっていうひともいますね。こんどは三十万でるかどうか。だけどこれを使える器量のあるやつがいないでしょう。宮本顕治だって共産官僚だよ、政治家じゃない。

高橋　しかし二・二六の将校だって、けっ起してからは震えながら、どうしよう、どうしようといっていたんではないかな。レーニンだって恐らく、震えていた。革命なんてそんなものじゃないのかな。

三島 ドゴールが、ウイかノンかということを国民投票でやった。ウイ・イコール・フランス。ノン・イコール・共産主義。これは国民投票しやすいですよ。日本の場合はウイが安保、ノンが反安保、どんな日本人だって決断くだせないと思う。安保はどうしたって西洋のもんだよ。自民党はナショナリズムと西洋の両刀づかいでいっているわけだけども、最後につきつけるのは安保じゃない。国民は安保プラス日本というものを自民党に認めるかどうか、また、反安保イコール日本でない。

ぼくは、日本にはウイ、ノンというものは成立しないと思う。「君は安保をやめて日本だけで自立するか」というと「さあ、それも心配だね」、「じゃ、日本はやめて安保だけで国際協調主義でいくか」「それもどうもね」、そうすると、国民は両方がほしくて自民党についてるわけですよ。あれもほしい、これもほしい。最後のどんづまりになって、安保か、共産主義か、反安保かということになると、とっても困る。ぼくは国民の迷うときが、革命がどっちかに転ぶときだと思う。

高橋さん、自民党は国民にイチかバチか選択させる自信があると思いますか。

高橋 ないんじゃないかと思います、それは。日本人がこれまで自民党を選んできたのは、はっきり計算したうえで庶民のひとびとが選んでいるのであって、進歩的文化人のいうように意識がひくいからじゃない。自民党というのは、いろいろな面で放っといてくれるわけですよ。放っといてくれる政党として選んでいるんじゃないかと思うんです。

三島 たしかにそうだ。

〝ドラマチック〟は文士の幼稚な幻想

高橋 核の使い途とか、そういうことを除けば、自分たちの内面生活の中に入ってこないし、フルシチョフのように前衛絵画を牛のしっぽ呼ばわりしないし、ぜんぜん放っといてくれるわけですね。しかも、ある程度日本を推進させている財界のひとびとにとっては、そりゃあ金はかかるけれども自分の意思を反映させることができる党派ということで——自民党に満足しているわけじゃないけれども、自分たちに命令してくる党派は嫌っているわけですね。

三島 ただ、自民党自身の体質が変化してきて、命令する政権にならざるをえないときがくるでしょう。そのギリギリの段階で七〇年がくるわけですよ。去年、福田赳夫さんに「自民党は安保と刺しちがえてくださいよ」といったんだけど、これは自民党の歴史的役割りだと思うんだ。戦後の国際協調主義みたいなものの最終的なもので、これを自民党がやってくれなければその後の日本は開けない。

ところが自民党はそうはやらないだろう。安保と刺しちがえるには野心が多過ぎるよ。日本主義もほしい、ナショナリズムもほしい、なにもかもほしい。しかし、それでは自己矛盾に陥るからギリギリ安保だけで闘わせようとするだろう。そのとき国民はどう採決を下すか、ドラマチックな問題だ。ドラマチックというのは文士の幼稚な幻想で、政治家はドラマチックにならないようにするだろう。といってドゴールみたいな収拾はできないと思うんだよ。これははっきり読めるね。

そうすると、もう一つ、これはいつもメキシコの話になるんだけど、メキシコ・オリンピックの前に四千人の学生が軽機関銃などを持ってメキシコ・シティーの広場に集まった。政府は用意周到に外人記者を国外に追放しておいて、そのあとで一個師団で学生を取り囲み、榴弾砲を四発ぶち込んだ。三百六十名の学生が一瞬にして消えて学生暴動は鎮圧された。日本がこれをやったら自民党、リベラル・デモクラットは崩壊しちゃう。報道管制にしたって、こういううるさい世論を相手に敷くことはできない。榴弾砲はぶっ放せない。大砲はうてない。暴動が鎮圧できる度合いもわかっているし、暴動を起こす側もどこまでやったらいいのかわかっている。さっきの予告行動みたいなもので、結局、ドラマチックにはなりそうもないね。

高橋　日本というのは戦後二十年間、良くも悪くも放っておいてもらう自由みたいなものを知ってしまって、それが学生諸君のパーソナリティーともなっているし、われわれの欲求の基本的なものにもなっている。

ですから、平等の旗印だけで自由を圧殺するかもしれない変革は、日本人は欲してないと思いますね。戦後しばらくのあいだ、革命を正当化する論理の一つに、ある程度の自由を犠牲にしても平等を、といった考えかたがありましたけれども、それにはもう日本人はついていかないですね。旧三派系の諸君にしたって、デートにいってもいいという自由みたいなものが身についてしまっているわけですよ。

変革といった瞬間から偽善がはじまる

三島 ぼくは解放区という思想にとっても興味もって全共闘と話したのですが、解放区についてどう思いますか。

高橋 こういうことはいえると思いますよ。ある思想を身につけますと、この現状ではその実現はとても無理だから、それを自分の内に内面化して、内面の時間のなかで意味を持たせるという在り方がある。キリスト教の「最後の審判」みたいなもんですね。だがそういう内面の意味ということで、解放区というひとつの思想を心のなかに描くだけで本当に意味があるのか。それが思想の偽瞞と腐敗の根本原因の一つじゃないのか。無理は承知のうえで、それを空間化しなければ思想自体も進化しないと考えるわけですね。

三島 ぼくは解放区は空間的だという考えかたは古典的だと思うんです。都市における解放区と農村における解放区じゃ、ぜんぜん観点が違う。都市における解放区というのは、目に見えない流動的なものだと思います。

都市というのは網でできているようなもんでしょう。そういったものを断つことが解放区ですよ。解放区というのは目に見えないもので動いているもんですよ。彼らは目に見えないで動いているフリュイドなものはとっても自信がないというか、そういうものを考えるのは弱いというところから、せめて空間を設定して安定するんでしょうけれども。

高橋　中国というのは空間的解放区がうまくいった。それは大地が広いということもあったでしょうし、村落や都市が城壁に囲まれているということもあったでしょう。小銃ぐらいでも相当に守れますからね。おそらく中国の暗示を受けているんだろうと思います。ただ日本ではどうしたらいいのか、迷っているんじゃないですか。

三島　ぼくが革命家だったら、解放区という思想からかえていくと思うな。

高橋　街頭に出る解放区の作りかたはいろいろな問題がありますけれども、具体的な必要から一つの運動形態が出てくる場合が多いですね。大学の占拠にしましても、東京なら東京に全国へ動員をかける、しかし泊まるところがない、そういう具体的な必要性から大学の占拠という戦術がでてくる。

運動のリーダー格にマルキストは少ない

三島　でも、ばかですねえ、大学なんて人目につきやすいところを占拠するなんて。全学連一人一人が家庭を確保するんだよ。ゲバ棒置かしてもらおうが、ヘルメット置かしてもらおうが、石置かしてもらおうが、一人一人がシンパ家庭を東京中に確保してパッと分かれれば防ぎようがないのに。もっとしみ通ってなくちゃ、方々に。

高橋　そこまでいけばゲリラ戦の段階にはいるわけですよ。まだ、そこまでいってないんじゃないかと思います。ぼくの感じとしては安易な予感はしたくないけれども、この運動形態は叩かれるだろう、そのあとでどうしようもない状態がまた一つの知恵を産み出す。誰か個人の机上の知恵ではなく、必要が要請する新しい行動形式ですね。

三島 しかし、大学というイメージがきつすぎるんだ。大学が根拠地だという観念がしみ込んで、大学の時計台が夕陽に映えたりしてロマンチックになっちゃうんだよ。（笑い）それより民家が大事なんだ、なんにもわからない民家が。

高橋 外国の学生運動家と日本の学生運動家にも、いろんな食い違いがあるそうです。日本人は知らないあいだに日本的発想をしているんですね。大学の数の多さということも、いまや日本的条件の一つでして——。

三島 外人の見る目もいろいろですね。アメリカ人の記者と話をしていたら、日本の学生運動にはイデオロギーがない、とそんないいかたをする。不思議ですね。

高橋 あまり入り乱れていて、きっとわけがわからなくなるんでしょう、日本人は観念的ですからね。つまり、スターリンを疑った以上はレーニンを疑い、そして疑いがぱっと先行して、理論的に乗り超えなければならないという乗り超え至上主義が、脅迫症的になる。学生運動家には意外と自分はマルクス主義じゃないというひとが多いですよ。

三島 ははあ。

高橋 はじめ全学連運動の学生諸君が使ったのはマルクスの疎外論ですよ。しかし、それもはったりくさいということで、いまはたぶん、ぼくの観測にまちがいなければ強烈な主体性論ですね。従来の革命理論は、相手があって、自分たちが追いつめられて、出て行かなければどうにもならないという正当防衛論的な革命論だった。

そんなばかなことはない、追いつめられなくてもこっちから出ていけという——これは理論だけですよ、実際にその力はととのっていないと思いますが、いまはそういうふうになっていると思います。

三島　なるほど。ぼくのみるところもそんな感じですね。だから、ますます観念と行動の乖離ができちゃう。もし、追いつめられていけば、概念と行動が圧縮されるわけね。主体性論をうち出すと行動と観念が乖離しちゃう。それが悩みなんだろう。

最近、ゲバ棒をワリバシという

高橋　観念は高く上がっているのに、非常につまらないことしかできない。自分たちのゲバ棒のことを自分でワリバシといってますよ。

三島　それは面白いね。彼らの特徴は自己諷刺《ふうし》があることだ。それが彼らの新しさだ。

高橋　現在の学生諸君はまだ若いですから、どう成長するか、堕落するかしれないけど、かつてぼくらが学生時代に、観念的には共感しなければと思いながらどうしてもつき合いきれなかった政治運動家、そういうひとたちは少ないですね。

三島　そう。

ダダイズムの再現にすぎない現象

高橋　ぼくは思想運動の段階だと思っていたのが急速に力の段階にエスカレートしましたけれども、思想運動とすれば随伴的現象としておきるいろいろな文化現象にたいする彼ら特有の考えかたが出てくるわけですね。それも非常に暗中模索でしてね、京大の全共闘では裸になるグループをよんでみたり。アングラ劇的なことを試みてみたり、なにか、いびつな美学への嗜好があるようですよ。

中国の辛亥革命の場合、政治的な変革の次に文化革命運動が起こる。魯迅なんかが主体になるわけですけれども、彼らの運動が思想面に大きな問いかけをしているなら、彼らのなかからなにか変わった文学や芸術が出てくるんじゃないかと期待していますけど。

三島　ぼくは期待しない。結局、ダダイズム（既成の思想、芸術を否定する芸術運動）だよ。ダダの再現だ。ぼくはそういうものはいっさい期待しない。形のないところに芸術なんかないし、文化もない。

高橋　短期間ですが、中国とソ連に行ってきたのですが、とりわけ中国では異様に変わったものを感じました。実際、世界の大きな部分で大きな規模で変わった民族がいるわけですよ。なにがそうさせるのか、教育なのか、政治なのか。ともかく、存在あっての文化ですから、存在形態が変われば、文化のありようも変わらざるをえないでしょう。

三島　中国人はものを変えることが好きでね、人間を壺の中に入れて首だけ出して育ててみたり、女の足を纏足《てんそく》にしてみたり、デフォルメーションの趣味があるんだよ。これは伝統的なものだと思うんだ。中国というのが非常に西洋人に近いと思うのは、自然にたいして人工というのを重んじるところね。

中国人の人間主義というのは非常に人工的なものを尊ぶ主義でしょう。作って、変えたという確信を持つことが権力意識の獲得ですから。だから意識の変革ということをやりたくてしようがないんだよ。中国文学の専門家には悪いけど、これは中国人の伝統的な趣味だと思うんだ。

高橋　人間というのは無限の適応力を持っているので、政治的な強権でもってそういうふうに奇型に押し込むのは困るのですが、あれっと思うような考えかたがふいに出てきて、しかもそれが急速に一般化するということは、割合いありそうな気がしますよ。

三島　それは現に起こったんですね、日本でも。これは必ずしも人工的に起こったとは思わない。偽善はいつかばれるというだけのことで、全共闘がやっていなくても、戦後二十年の偽善は別の形で露呈したのでしょう。そしてまた、あたらしい嘘や偽善が山ほどできていますよ。また十年もすれば、ばれてくるでしょう。

われわれは一つの時代で、その時代の偽善や嘘のなかに生きていたくない。これは文学者としての最低の覚悟だ。だから前の偽善があばかれたからといって安心したら、いい気味だといって笑っているだけじゃすまない。こんど問われるのはこちらだし、こちらが知らないうちに偽善が累積していたら大変なことだよ。

少なくとも、変革といった瞬間にすぐ偽善に陥る、モラルといった瞬間にすぐ偽善が押し寄せてくる、それはほんとに怖《こわ》いねえ。全共闘諸君は若いかもしれないけど、若いなりにそういったものが垢として身についているかもしれない、怖いねえ。

現代における右翼と左翼

林房雄

〈『流動』昭和44年12月号〉

「ナショナリズム」の裏側

林 右翼、左翼という言葉は日本にはもともとなかったんですね。これは外国からの輸入品で、その発生にはいろいろ説があるけれども、まあ、フランス革命の国民会議で、左に急進派が、右に保守派がすわったという通説に従っていいでしょう。日本に右翼、左翼という言葉が現われてきたのはいつごろですかね。

三島 やっぱり頭山《とうやま》さんあたりからでしょう。

林 あのころは右翼と言わずに、国粋派ですね。やはり議会政治ができて、幸徳秋水、堺利彦あたりから社会主義が入ってきて、それが左翼と名乗り、それに対して国粋派が右翼になったのではないでしょうか。国粋派は頭山満《みつる》以来大いにあばれまわりましたから、ジャーナリズムでは、右翼とは暴力的国粋派というふうに使われはじめて、いまだに尾をひいている。右翼と左翼の対立は大正以後のものでしょうね。したがって明治維新の志士たちと、いまの左翼青年たちとの間に共通点があるなどというのは、ちょっと話がおかしい。維新の志士は左翼じゃなかった。

三島 いろいろな問題がありますけれども、ライト・ウイングというのは、ヨーロッパをちょこちょこ歩いて、だんだんわかったことは、向こうで右翼というと、すなわちアンチ・セミティズム——反ユダヤ主義。日本人が行って、おれは右翼だと言ったとします。おまえユダヤ人反対だな、こう言われちゃうわけですね。アメリカの右翼というのはまたちょっと違う。

それから安倍公房がソビエトへ行ったときに、やはり反ユダヤ主義の人たちと会ったそうですが、この人たちが、日本でもユダヤ人問題はたいへんだろう、と言うんですってね。日本にはユダヤ人はいないと言ったら、そんなばかなことがあるもんか、世界中どこの国でもユダヤ人が忍び込んで悪いことをする、というんですってね。ソビエトの反ユダヤ主義といったらたいへんですから。チェコ問題も反ユダヤ主義を背景におかないとよくわからないといわれる。

そういうものから考えると、われわれは反ユダヤ主義とほとんど関係ない。歴史の特殊性として右と左は国粋派と西欧派とに分けていいと思うんですが、ところが戦後それが非常に混乱してきたと思うんです。

というのは、最近の例で言えば、去年のフランスの五月革命のとき、ドゴールが危機状況になったときに、ドゴール・ウイ、ドゴール・ノンという国民投票をやらせたんですね。ドゴールはそのまえに、七年間にわたって、対外政策で非常にナショナリズムを発揮していますから、ドゴール・イコール・フランスというのは、好むと好まざるとにかかわらず、これだけははっきりしている。ドゴール・ウイというのは、フランス・ウイ、ドゴール・ノンというのは共産主義ウイということです。これだと国民はとても選択しやすい。フランスか共産主義かどっちを選ぶかというと、たいていのフランスのプチ・ブルジョアはフランスを選ぶでしょう。だから簡単ですね。私は国民投票というのはだれにも——子どもにもわかるものでなきゃできないと思う。

ところが日本の状況をみますと、いまの潮流は来年度にかけて——再来年、その先もそうでしょうが、少なくとも自民党が危ないときになって国民投票をやったとします。そうしてウイかノンかというのを国民に問うたとします。できることは、安保賛成（ウイ）か安保反対（ノン）かどっちかしかない。安保賛成というのは、はっきりアメリカですね。安保反対というのはソビエトか中共でしょう。日本人に向かっておまえアメリカをとるか、ソビエトをとるか中共をとるかといったら、僕はほんとうの日本人だったら態度を保留すると思うんですね。日本はどこにいるんだ。日本を選びたいんだ、どうやったら選べるんだ。これはウイとノンの本質的意味をなさんと思うんですよ。

そういたしますと、日本が五月革命みたいになるかどうかわかりませんが、まだ日本人は日本を選ぶんだという本質的な選択をやれないような状況にいる。これで安保騒動をとおり越しても、まだやれないんじゃないかという感じがしてしようがない。それで去年の夏、福田赳夫さんと会ったときに、「自民党は安保条約と刺しちがえて下さいよ」と言ったんですよ。私が大きなことを言うようですが、私の言う意味は、自民党はやはり歴史的にそういう役割を持ってる、自民党は西欧派だと思うんです。西欧派は西欧派の理念に徹して、そこでもって安保反対勢力と刺しちがえてほしい。その次に日本か、あるいは日本でないかという選択を迫られるんであるというふうに言ったことがある。いま右だ左だといいましても、安保賛成が右なのかということは、いえないと思うんです。安保賛成も一種の西欧派ですよ。安保反対はもちろん外国派です。そうすると国粋派というのは、そのどっちの選択にも最終的に加担していないですよ。

ですからナショナリズムの問題が日本では非常にむずかしくなりまして、私が思うのに、いま右翼というものが左翼に対して、ちょっと理論的に弱いところがあるのは、われわれの国粋派というのは、ナショナリズムというものが、九割まで左翼に取られた。だって米軍基地反対といったって、イデオロギー抜きにすれば、だれだってあまりいい気持ちではない。それからアメリカは沖縄を出て行け、沖縄は日本のものであったほうがいい、なにを言ったところで、左翼にとってみれば、どこかで多少ナショナリズムにひっかかっているから広くアピールする。そうして私は、ナショナリズムは左翼がどうしても取れないもの——九割まで取られちゃったけれども、どうしても取れないもの、それにしがみつくほかないと信じている。だから天皇と言っているんです。もちろん天皇は尊敬するが、それだけが理由じゃない。ナショナリズムの最後の拠点をぐっとにぎっていなければ取られちゃいますよ。そうして日本中が右か左の西欧派（ナショナリズムの仮面をかぶった）になっちゃう。

暴力否定も行き過ぎると……

林　戦後共産党が、共産党員は愛国者であるというスローガンの上の大方向転換をやったことがあるでしょう。あれでナショナリズムを先取りしようとしたんですよ、日本の右翼がボヤボヤしている間に。ところで、なぜそういう方向転換をやったかといいますと、これは中共のリモート・コントロールが非常に強くて、ソ連もそれに賛成した。北ベトナム、北鮮などの闘争は愛国主義の色彩が強い。それで日本にも「インターナショナリズムはだめだ、愛国主義を早く先取りしてしまえ」という指令がきたわけです。これには日共党員も驚いただろうし、右翼も驚いた。最近ある人が僕のところへきて、いまの三派および新左翼は維新の志士と同じで、攘夷を実行している。あれに尊王を教えれば右翼の味方になると言いました。まるで三島君みたいなことを言うねと笑いましたがね。

僕は今の左翼の〝ナショナリズム〟は発生が外国指令だと思う。いくら彼らに教えても反米はできるが反ソ、反中共はできない。したがって尊王ということは、彼らにとっては、もってのほかです。いま愛国主義が彼らに先取りされているようにみえるが、実際は取られていないんだな。われわれ右翼がうっかりしている間に日本のナショナリズム、愛国主義とアメリカ帝国主義打倒をすり変えてしまったんですよ。

三島　この間も羽田で火炎ビンを投げたのは毛崇拝で、かつ愛国だというんでしょう。あれは明らかにおっしゃったような代表的なものですが、いま三島みたいだとおっしゃった、尊王を教えれば尊王攘夷になるんだという、私はそんなに簡単に考えているわけじゃなくて、私が言いますのは、ここに一つの虚像がある。一つのナショナリズムという人形が立ってる、どこから見ても生きた人間だが、背中のほうに穴があいてるんじゃないか。穴へ指を突っ込むと、中から綿が出てきて、ただの人形だということがわかるんじゃないか。私はその穴を探したら、それは絶対天皇の問題だと思う。やつらは天皇、天皇といえばのむけないです。のむわけないから、やつらから天皇制打倒というのを、もっと引出したいですよ。これを引出せば国民は「えっ、そこまでやる気か」ということになるんです。

林　天皇制打倒という国民はあまり日本にはいないと思う。そうするとやつらについて行かなくなる。ところが共産党が天皇制打倒を言わなくなってから十何年たって、最近やっと言い出しかけている。これをもっとやつらから引出さなければならない。やつらのいちばんの弱味を引き出してやるのが、私は手だと思っているんですがね。

あなたの意見に賛成です。維新の尊王攘夷は、ナショナリズムなどというハイカラな外国語では表わせない。ナショナリズムとインターナショナリズムを西洋から学んできたのはずっと後のこと。

ロシアにも西欧派とスラブ派がありましたね。ドストエフスキーがスラブ派で、ツルゲーネフが西欧派の代表だった。日本の尊王攘夷派、後の国粋派はロシアのスラブ派とはちがうし、日本の文明開化派は、ロシアの西欧派と違う。伊藤、井上にしても、維新前にはイギリス公使館を焼打ちした連中です。

明治二十年ころまでつづいた文明開化派も非愛国主義だったとはいえない。鼻持ちならぬハイカラ紳士もいたことでしょうが。二十年代になって現われた杉浦重剛《じゅうごう》、三宅雪嶺《せつれい》などの国粋派もみな外国留学生か英学派が多かった。偏狭に外国的なるものを毛嫌いしたわけではない。日本のためにならぬ西洋文明心酔を排しただけです。その点は北一輝《いっき》、大川周明《しゅうめい》、石原莞爾《かんじ》などの大正昭和の国粋主義も同じだった。

私はナショナリズムとインターナショナリズムという概念と、国粋主義（愛国主義）とは別の次元のものだと思っている。日本人は尊王攘夷派も文明開化派も国粋主義者も根本の愛国心の一点で変わらなかった。ナショナリズムとインターナショナリズムの問題が起こったのは社会主義思想の流入以後です。戦後の左翼が愛国者を気取ったのは外国指令です。日本は愛国心の強い国だから、共産党は愛国運動の先頭に立てと指令してきた。ソ連よりも中共指令でしょうね。しかし、三島君が言ったように、日本には天皇という〝苦い丸薬〟がありますから、左翼人にはのめない。のめたらソ連、中共のコントロールを拒絶しなければならない。これから先、左翼がいくら愛国者ぶっても、ますます馬脚を現わすだけだと思う。右翼はやっと陣容を立て直しはじめたんだから、真の愛国者である事実を示してくれなければいかん。

昔の板垣自由党、政友会、いまの自民党、これは必ずしも西欧派とはいえない。彼らはむしろ地主党、農民党なんです。自由党、政友会は常に〝対外硬派〟で、今の言葉で言えばタカ派でしたね。大隈重信系の改進党、憲政会には西洋くさすぎるのもいましたが、板垣自由党、政友会、いまの自民党内の自由党系は農民党で、つまり国粋派が多いんですよ。

今の自民党をはさんで右翼と左翼がいるわけだ。昔は、西欧派らしきものと国粋派らしきもの、憲政会と政友会が喧嘩しながら、仲良く交代していました。政権を担当すると、どの政党も暴力を否定しなければならない。暴力を肯定するものは、左翼と右翼の野党だけ。政府をはさんで両側に暴力肯定の党がいる。左翼は暴力革命を公言しておるし、右翼も頭山満の玄洋社、内田良平の黒竜会から北一輝、大川周明に至るまで暴力肯定です。頭山さんは伊藤博文をおどかしたし、来島恒喜《くるしまつねき》は大隈重信に爆弾を投げかけるし、昭和の国粋派は、クーデター未遂、政府要人の暗殺をやってのけた。つまり日本の右翼と左翼は政権を担当している党に対する左翼と右翼であって、どっちも暴力を肯定するという点において存在理由を持っている。いまの日共みたいに、議会を通じて平和革命をやるなんて言い出したら、左翼じゃない。右翼も暴力否定などと言い出したら右翼じゃなくなる。暴力否定は政府のやることだ。政権という〝合法的暴力〟をふるうのが政府です。野党の日本共産党が変に平和革命的になったので三派も生まれ、社会党の左派の中の中共派が暴力的になったという現状ですね。

三島 それは非常に問題ですな。

林 右翼も自己脱皮をやっているが、そのために、右翼がおとなしくなって、暴力否定になってしまったら、右翼じゃない。その時々の政府が政権に安住して、軟化し、外交においても弱腰になった時、その尻をひっぱたいて前進させたのが日本の右翼ですよ。いざとなれば暴力も使ったのがほんとうの右翼だった。

三島 それがなくなっちゃだめだ。

林 それがなくなったら右翼を廃業するよりほかはない。

ポレミッシュな新左翼

三島 いまのおっしゃること、僕はまったく同感ですが、右翼が左翼に戦後取られたものは三つあるんですね。一つはナショナリズム、もう一つは反体制、もう一つは反資本主義、三つ取られたでしょう。右翼がみんな持ってたんですよ。右翼は昔はナショナリズムを持ってた、反政府、反体制、反資本主義、反独占資本主義を持ってた。それをみんな取られた。九〇％取られたというんですよ。それを復活すべきかどうかという問題が出てくるんですが、まさに林さんのおっしゃったのは実に正確な図式だと思うんですが、自民党は二枚腰なんですよ。自民党が戦後単独政権でやってきた理由が十分あると思うのは、いまの日本国民は決してばかじゃない、日本国民は自分が自主独立の国民でありたいという気持ちを一方に持ち、一方では、せっかく生活をここまで繁栄させてきたから楽をしたい、楽をするために安保条約もしようがないじゃないかということはありますね。これを両方引受けてくれるのは自民党しかない。これはロジックとしては両方とも矛盾しちゃうんですよ。

安保か独立か、それが普通の整然たる理論です。ところが整然たる理論もなにもなくて、安保もよし、独立もよしという矛盾をかまわずのみ込んでくれる政党は自民党しかない。だから自民党についてきた。

林　自民党は平和憲法までのみ込んでしまった。

三島　その清濁合わせ飲んだ政党は、それだけの理由があって単独政権を維持してきたと思うんですよ。それは国民が非常に利口で、両方ほしいからついてきた。

少なくとも戦前の左翼はインターナショナリズムをしっかり持っていて、ソビエトが労働者の天国であり、祖国であるというところでやってたのが、戦前の左翼運動じゃないかと非常に概略的に考える。一方ではナショナリズムを維持し、そうして反政府と反資本主義の一点で左翼を補塡してきたのが右翼だと思う。というのは、それだけの力がとてもなかったから、二・二六事件が起こって拍手喝采した左翼がいるんですからね。いまは右翼ができないことを左翼がやってる。そうすると右翼はなにをやるかということになるんですが、そこでいま左翼のあとを追って理論化を急いでもなんにもならん。

私は三派の連中なんか、共闘派の連中と論争してみたけれども、そうとうな頭で、ばかになる頭じゃありませんよ。こんな連中は言葉使いは変だし、訳のわからんことを言いますが、少なくともポレミッシュですよ。非常に論争にたけています。足をすくうのも平気だし、こんなことは真似しようと思ったらむだな勉強です。僕は純粋な青年にこんな毒々しい技術を学ばせたくないですね。もし理論武装といって、そういうことを意味するんな

林　らやめてほしいですね。
これは私の体験ですが三島君の言うとおりで、ボルシェビキ理論、ボルシェビキ的訓練というのは、論争術、それから組織術を教えたんですよ。三人で百人をリードする方法、十人で千人を動かす方法の訓練をやらされているんです。あんなやつと論争するための理論武装なんかむだだ、もっと緊急なことがあるという右翼人の危機感は理解できる。しかし、左翼学生たちが果たして頭がいいかどうかということには、私は疑問を持つ。彼らの理論は鵜呑み理論であって、イデオロギー以上には出てこない。

三島　僕は理論は高いとも思わないし、深いとも思わない。ただポレミッシュだ。ポレミックが非常にうまい。

林　訓練され学習させられていますからね。だから右翼の理論部というものがあってもいいわけだ。しかし、講習会とか講演会をくりかえしてもだめなんで、まず、たった一人の大川周明、たった一人の北一輝が出ればいいんですよ。大川周明、北一輝はもうすでに故人であり、彼らの著書は古典になっている。現在の右翼の理論武装のためには、新しい北、大川が出なければならない。

三島　国家改造法要綱をつくりなおさなければならない。

林　北の改造法案はマッカーサーがやってしまったからね、大部分。

三島　マッカーサーがやっちゃったんで、今度新しいのをつくらなければならない。

林　あれはマッカーサー司令部の机の上にいつも置いてあったという説があるくらいです。

三島　新憲法はほとんどあれに準拠している。

林　たしかに第二の国家改造法案というものが戦後の右翼理論家によってつくられなければならない。それがほしいという人は無数で、それを作れそうな新鋭の学者もぼつぼつ出てきていると思う。ぜひ出てきてもらいたい。いまの左翼理論はただの論争術で、思想じゃない。イデオロギー的に固定してしまって、ソ連政府、また中共政府専用の弾圧手段に化し去っている。こちらは生きた思想としての右翼理論を生み出してもらいたいんだ。

三島　もう一つ大事なのは、ユーモアとウイットですね。左翼の連中は小憎らしいけれども、ユーモアがあるんですよ、ときどき。それからなんともいえずおもしろいですよ。右翼の理論というのは、儒教の悪影響だと思うんだけれども、とにかく衿《えり》を正して聞かなければならないような理論ばっかりですね。とにかくユーモアとウイットで相手をこてんぱんにのすような、おもしろい理論がない。そういう文章がない。

林　こういう点に気がついているのが児玉誉士夫《こだまよしお》ですよ。新しい理論も独創的な見通しもある。彼は自分では学者とは思っていないでしょう。児玉路線の学者が出てきてもらわなければならない。

　それから扇動性というものが、案外、右翼学者にない。マルクス、レーニンの文章は、大扇動文章でしょう、一度覚えると何度もくり返したい名文が多い。そういう愛国心に即した新理論が出てこなければいかん。そろそろ出るんじゃないかな。私なんか年を取り過ぎたけれども。

三島　赤尾敏なんかユーモアがあるな。

林　それはちょっと皮肉な意味でね。

三島　あれは若いやつは喜んで聞いてますよ、おもしろいと言って。

林　赤尾さんがアメリカの旗を掲げているのは困る。僕は手紙を出したいくらいだ。あれをはずせば立派なものじゃないか。なぜアメリカの星条旗を掲げるんでしょうね。

三島　ある意味では日本の右翼の追いつめられた姿をいちばん正直に露呈しておる。

林　これは赤尾さんに一度言わなければならないと思うんです。あれだけ青年たちが赤尾さんの言説と行動によって奮起している。たしかに赤尾さんの影響は強い。だが世界はアメリカだけじゃない。日本人がほんとうの愛国心によって行動する場合は、和親すべきはアメリカだけじゃないはずだ。世界に国はたくさんある。万国旗を掲げて街頭演説するのなら、まだわかるが……。

三島　万国旗までいけば……。(笑い)

林　ほんとうは日の丸だけでけっこうですよ。

右翼の存在理由……

三島　僕は理論なんか根底的に必要じゃないと思うんです。根底的には誠だけでいいんですよ。誠以外になにがいりますか。

林　その意見に賛成です。右翼にはユーモアはなくとも、誠がある。いちばん安心してつき合える。左翼のやつはつき合えない。油断ができない。

三島　いちばん根底には誠だと思います。誠があるかないかですよ。

林　誠は天に通じ、天皇に通じるんですからね。社会科学などというのは、自然科学の真似をしているだけで、未熟なものですよ。マルクス主義は大学説の体系に見えるが、そのままえにヘーゲルとカントがあり、アダム・スミスがあった。マルクスが大英図書館にこもって、エンゲルスという協力者をえてつくり上げたんです。しかしあれは百年前の社会科学であって、その後、経済にはケインズも出たし、歴史にはヤスパースやトインビーが出てきた。フロイドというマルクスの知らなかった心理学者が出てきたし、エンゲルスの読んだモルガンの人類学を超えて文化人類学も発展した。これからの右翼学者はそれらを取入れ得る。マルクス以上の理論ができる。

資本主義の発展とともに、階級分裂と貧窮化が重なって、必ず先進国から社会主義化されるというのがマルクスの理論でしたが、これは明らかにうそになった。さっき三島君が言われたように、第二の北一輝が出て新しき国家改造法案を書いてもらわなければならない。

三島　私もいま誠だなんて、きれいなことを言いましたけれども、実態の人間にぶつかってみると、そうもいえないな。いまの青年でも右だから誠だ、左だから誠でないと思っていると、つい間違えることがある。自分で苦い目に会ってみなければわからない。これは原則論であって、右翼は最終的には誠だけだ。それをはずしたら右翼じゃない。左翼は誠がなくてもいいんだというところで左翼だと思うんですが、それだけの建前、もし建前をはずしたらいろんな人間がいます。左翼もいっぱいいるし、右翼もうじゃうじゃいる。実態に触れると、いまの青年だからといっていちがいに純真だといえないでしょう。

林　青年とはもっとも不純な動物なりという逆説も成り立つ。

三島　青年というのはいちばん純真じゃないかもしれませんね。

林　あらゆる動物的欲望を胸底にひそめた超怪物だな。（笑い）それを誠というものによって育てていけるのは右翼ですよ。右翼の先輩です。右翼がおとなしくなったら、自民党の手先になってしまう。自民党でないところに右翼の存在理由がある。たとえば右翼の大物といわれる人が、自民党のある代議士を大いに後援する、力を入れる。十年ほど力を入れて教育すれば、愛国者が望んでいることの何分の一かを実現してくれるだろうという後援なら結構です。右翼人でありながら、今の学生右翼は有望だなどと言うのはおかしい。やはり頭山満、内田良平、または北一輝、大川周明にもういちど立ち帰って再出発すべきだ。

三島　最近感心したのは、大東塾の靖国神社問題に対する対処の仕方ですね。これには感心している。つまり靖国の霊を国が神道の祭祀《さいし》にしたがって顕彰し、弔《とむら》うべきだというだけのことです、彼の言いたいことは。それを政治家だとか、いろんな圧力団体がそうさせない。遺族会すらそういう本旨を誤っているという場合に、だれがその思想をとおすのか。その思想をとおすのに、言論だけでたりるのか。どの政治家のところへお百度詣《まい》りしたら、それをとおしてくれるのか。人間がそういうことを考えたら、それをとおす方法といったら、やっぱりぶんなぐるほかないでしょう。だからちょっとぶんなぐったでしょう。

林　政治家をぶんなぐることがいいかどうかわからない。ただ影山氏の塾の人がやったことは、ある一つの思想をとおすには、どうしても法的にも、議会政治の上でも、どうしてもとおらない、しかしそれが日本にとって本質的なものだと考えたら、あの方法しかないんじゃないですか。その方法の良し悪しというよりも、あの方法しかないからやったんでしょう。そういうふうな、どうしてもやらなければならんことで、ほかに方法がないということをやるために右翼団体というものはあるんだと思うし、塾というものがあると思うんだ。それはその姿勢は守らなければならない。それを捨てたらだめだと思うんですよね。あの人はその観点からあの事件についてはちゃんとしていると思う。

右翼は長い歴史を持ち過ぎて、政治家、財界人と仲良くなり過ぎている傾きがある。政界財界からは二歩も三歩も距離をおいて、いざというときにその尻をひっぱたくのが頭山満、内田良平先生以来の右翼浪人の生き方だった。対露軟弱論者の伊藤博文はずいぶんおどかされたり、はげまされたりしている。

政界と財界に対して常に一敵国を形成しているという根本態度だけは、僕は右翼人に忘れてもらいたくない。政治は専門の政治家にまかせるほかない。政治家の仕事はたいへんなものだ。官僚を統御しなければならんし、国民の日常要求を満たさなければならないし、外国とはいつも取引きしなければならんし、そんなことは右翼浪人にできやしません。しなくていいわけだ。ただ権力と金力にべったりで、そのご用をつとめる番犬的印象を生み出した責任は、一部右翼人にもある。

三島　私は安田城の攻防戦のときに、死ぬやつがいるんじゃないかと思って、非常に心配したんですよ。ずいぶんそう思った人が多かった。屋上から飛び降りたりしてね。それをやりますと日本人というのはグイッとくるんですよ。そうすると革命ごっこということを言わなくなるんですよ。ところがあにはからんや、手をあげてみんなつかまったでしょう。日本人の心のなかには、日本人というのは自分の主義主張のためには体を張るものである、命を最終的に惜しまないものであるという伝統的なメンタリティーがあるでしょう。そうして新左翼というものはそのすれすれのところへいって、国民に期待を抱かせたわけです。あのとき期待したやつはずいぶんいる。ところがそうでなかった。これから先右翼に対する期待はそれが残ってる。ほんとうに体を張るやつはどっちかなということを国民はみていますよ。

私はここで右翼も左翼と同じ体質になって、体を張らないんだということになったら、これは絶対絶望だと思うんですよ。左翼と違って体を張るんだということが右翼の最終的なもので、それが国民の心というものをほんとうにつかむ唯一の方法だと思う。これは言ってやさしいことではありません。軽々に言うべきではないんだけれども、ほんとうはそこしかないんじゃないですか。

林　右翼と左翼は絶対相容れないと思ってもいい。誠と命が右翼だ。左翼がどんなえらそうなことを言っても、それがない。ロシアでも革命のために命を投げ出したのはマルクス主義の左翼ではなかった。彼らには謀略があるだけだ。これはマルクスの生産力説と唯物史観から生まれている。人間というものをまるで認めてない。ちょっとした不満は人間疎外というし、彼らの人間性回復とは実は動物になりたいということなんで、だから三島君は〝東大を動物園にしてしまえ〟と言った――あんな学生動物がたくさんできてきたのだから。（笑い）

三島　つまり義のために死ぬというのは人間の特徴で、動物にはない。義のために死なないのは、動物と人間の境い目がつかないやつ。ロシアの場合テロリストは立派でしょう。ロシアの場合はちゃんとその人間が出ていますよ。

林　あれはスラブ派といわれた連中なんですよ。レーニンは西欧派で、革命戦術を学んで、せっかくスラブ派の十二月党、デカブリスト、アナーキスト、ナロードニキが命を張ってやった革命を横取りしてしまったんですよ。

いまの日本の左翼にもレーニン的なところがあり過ぎるんだ。今月の『文藝春秋』を読んだら、裁判官が書いていたね。安田講堂のそばの建物にたてこもった学生は、地方から出てきたばかりで、中央の闘争ぶりを見ろと、だましてつれて行かれたんだそうですね。そういうことをやるんですよ。右翼ならそういうことはやらんなあ。

私は楽観的過ぎるといってしかられるけれども、来年（昭和四十五年）六月までに少なくとも〝新左翼〟のほうはエネルギーを使い果たしちゃうと思う。残るのは民青―日本共産党なんです。こいつのずるい詐術と闘うのが右翼の任務だ。新左翼の諸君には気の毒だけれども、秦野《はたの》警視総監が高言してるとおりに、機動隊だけで片付けられてしまう。

三島　それはたしかでしょうか。少し警視庁は楽観的過ぎるような気がしてしようがないですな。

林　「備えあれどうれいあり」と僕は書きました。「上手の手から水が漏れる」。現に羽田空港に忍び込まれた。しかし、新左翼は、機関銃を何梃《ちょう》隠してあるかしらんが、たとえかくしてあるとしてもそれを使う本物の決死隊が何人いるだろうか。それで僕は彼らはかわいそうな学生団体だと思っている。あらゆる欠点を含んだ「純情」を巧みに利用されている連中ですよ。思い上がって日本革命ができると思っている者も、いざ本物の機関銃を打つ闘争になったら、その瞬間につぶれてしまう。そのときに日共が公明党まで動かして民衆動乱をつくり出すということがあり得れば、また別の問題になりますが……。

論理政党は不条理大衆に受けない

三島　日共はそこまでやれますかな。

林　僕はやらんと思う。能ある鷹は爪を隠すかわりに、日共は自分で爪を抜いている。つまり闘えない。公明党も武装闘争にまで行くでしょうか。これはどうなんでしょう。

三島　公明党はちょっと気味が悪いところがあるな。というのは僕は一九七五、六年には、ひょっとすると連立政権ができるんじゃないかと思っています。その連立政権は野党と公明党でしょうね、もしできれば。

林　児玉誉士夫さんは、民社と公明党と自民の連立政権をつくれと言っている。

三島　しかしその場合、公明党のいちばんの持参金は自衛隊と警察ですよ。これはほかの野党はだれも持っていない。

林　そんなにたくさん入ってるんですか。

三島　非常なもんですよ、公明党の自衛隊と警察に対する手の打ち方は。これをすでに五年やっていますからね。十年たてば持参金になる。普通の政治法則では、連立政権に共産党が入ればたいてい共産党が取るというのが公式になっていますが、日本の場合は公明党が持参金を持っていますからね。

林　武力という実力だな。これは噂さだけれども、共産党が公明党になだれ込んでいるのと同じ比率で、右翼もなだれ込んでるというんだが、ほんとうですか。

三島　そういうことも言いますがね。もう一つの可能性としては、公明党は分裂するでしょうね。

林　革命派と合法派と。

三島　両様の可能性を持ってるんじゃないでしょうか。もし言うとおりいけば、連立政権を取り、さらに単独政権へいくというような方向でしょうね。

林　私は公明党というのは社会党に取ってかわれると思っているんです。三分の一政党の限度で……。だから、早く社会党にとってかわってもらいたい。社会党はもう日本のために役に立たない。民社が伸びないのは不思議ですがね。これもなにかおかしな欠陥があるんじゃないかな。

三島 民社は不思議でならないのは、この間、西村さんの論文が毎日新聞に全文出た。いい論文ですよ。僕は各政党の論文のなかではいちばん論理的に筋がとおってると思う。さっき申し上げたように、日本国民は論理的に矛盾したものが両方ほしい国民なんですから、論理的にとおってるからといって決してついていかない。論理をとおせばなにか損することがわかってるんですからね。民社はそういう意味では、西洋人が見たって論理的ですね。ただどうしても大衆がつかめないですね。

林 大衆というのは不条理なもんだね。

三島 不条理ですよ。欲張りですから、そんな論理をとおすために、なにものも犠牲にするのはいやですよ。なにものも犠牲にしないで論理がとおるのなら、論理についていくでしょう。

林 自民党が老いてなお盛んに見えるのは、論理がないからかもしれない。不条理政党か。（笑い）

三島 まったく不条理性で保ってる政党でね。

たよれぬ日雇い文化人

林　共産党は人民戦線などというが、結局独力でやらなければならない。僕はあれは異教だと思ってるよ。マルクス主義はキリスト教の裏返しだから、日本には土着しない。いまの日共はおかしいですよ、選挙ビラを見ればよくわかるように「暗い道に電灯をつけましょう」「老人、子どものための施設をつくりましょう」それだけですよ。そんなことをしておって政権が取れますかね。民社と同じじゃないか。民社は決定打がない。天皇制擁護とも言わない。だから、不平不満で共産党か社会党に票をやろうという人は、そうとうなお年寄りにもおるんですよ。現在の社会党の千二百万票というのはただの不平票ですよ。
　日共は三段革命論のようなものを持っていますね――議会で第二党か三党になって、連立政権をつくって、共産党の独裁政権に変えるというやつ。これは不可能じゃないかな。現実の歴史はどういうふうになっていくかわからないけれども、どうも実行できそうにない。

三島　私は連立政権の線まではできると思うんです。しかし公明党を抱き込まなければだめです。公明党にしてやられますよ。ケレンスキー内閣をつくったと思ったら大間違いで、公明党にしてやられますよ。

林　池田大作という人物は聡明な男だから、なにを読んでみても、理路整然と逃げてる。大事なところは少しも触れない。いま正面から公明党を攻撃しているのはやはり大東塾ですね。

三島　ですから連立政権ができたとき、そういう時代がくれば、ほんとうにそれに対抗する勢力は右翼しかないでしょう。

林　学者文化人には民社党びいきが多い。おもしろいのは先日聞いた話だが、いま自民党の講演会に行くと、十万円くれるんだそうです。ところがそれは日教組が先にやっていたことで、自民党がやっとその真似をはじめたのだそうです。公明党の『潮』の原稿料なんか、他の雑誌の二倍くらいじゃないですか。

三島　そんなでもないです。座談会なんか出たことがあるけれども、そんな驚くほどじゃないです。

林　しかしいろんな「文化人」が『潮』にも「赤旗」にも書くでしょう。自民党の出版物に書くと安い。知識階級とはそんなもんですから、あてにしなくてもいい。使いたかったら、原稿料と講演料をたくさん出したらいいんですよ。

三島　辛らつなことだが、そうですね。講演料がたくさん出ているところへ行く。文化人なんというのは頼らないほうがいいですよ。

僕は反共というのは、実は嫌いなんですよ。共産主義だろうがなんであろうが外国思想はみんな反対というのが国粋主義であって、共産党だから反対じゃなくて、日本の純粋性をくもらすものは、共産主義であろうが、資本主義であろうが、民主主義であろうが、なんでもいかん。だから日本人でいいんです。そのためには右翼といわれたって、なにいわれたってそんなことかまわない。そこから出発してほしいと思いますね。

林　真の愛国者はナショナリズムとインターナショナリズムを、国の必要に応じて取入れることができる。インターナショナリズム一本槍になるとコスモポリタンになる。ナショナリズム一本槍になると偏狭右翼、ジンゴイズム、ショービニズムになる。ほんとうの愛国主義、国粋主義は、ナショナリズムとインターナショナリズムよりも高次元のものであって、ナショナリズムもインターナショナリズムも必要に応じて国のために使い得るのです。

二・二六将校と全学連学生との断絶

堤清二

〈『財界』昭和45年新年号〉

八ヵ月間の大蔵省官吏

もみあげをやや伸ばして坊主刈りの三島さんの毛はやや縮れ気味。中世紀の騎士という風貌だが、新有楽町ビルの料亭、胡蝶の一室に座ると、それなりに東洋風の雰囲気が漂う。女中さんの人気は抜群で注目の一室である。色紙を三枚、「清明」、「文武両道」、最後に「劒」と書いた。流麗、達筆、力強い筆だが、むしろオーソドックスな、美しいと表現した方がふさわしい書体だった。

三島　堤さんのお書きになった小説（「彷徨の季節のなかで」）を読みましてね。最初に思ったのは、よくお書きになる時間がおありになるな、ということでしたよ。（笑い）

堤　やはり、夜ですね。ふと気がついたら徹夜になったりして……。

三島　私が学校を出て大蔵省につとめた時ですが、麻雀や酒など夜のおつき合いは全部振りきって、まっすぐ家に帰ってたんです。ところが小説を書いていると夜中の一時、二時でしょう。朝六時に起きて役所に行くものですから寝不足で頭がフラフラしている。あのころはゼロックスなんかないから、「おまえ主計局へいって予算書を写してこい」なんて言われるでしょう。6と9や8と3を間違ったり、あの年の国家予算は私のおかげでだいぶ狂っているんです。（笑い）そんなことである雨の日の朝、渋谷駅ですべって、ホームと電車のすき間に体半分ぐらい落ちてしまった。やっぱり寝不足でフラフラしているからだというんで、それまで文学に反対していたオヤジもさすがに折れましてね。役所をやめるの

堤 を賛成してくれた。だから八ヵ月でしたよ、大蔵省は。……その点、堤さんが社長業のあい間に小説を書かれるというのは大変なことだと同情するんだなあ。

三島 私はね、会議してまして、三十分くらい寝てもだいじょうぶだなという会議があるでしょう。（笑い）一時はそれで凌いでいたんですが、結婚したばかりだったものだから「やはり疲れるんですね」と言われちゃってね。（笑い）当時は「実は小説を書いてるんだ」なんて言えませんから、甘んじて屈辱に耐えたわけですよ。（笑い）

堤 僕は書く前のウォーム・アップの時間が長いんです。だいたい六時間座っていると、はじめの三時間くらいは全然書けないんです。そういう時には『少年マガジン』を読んだり……。（笑い）

三島 それは愉快だな。

堤 「もうれつア太郎」なんていうマンガは面白いですよ。（笑い）

三島 雑文みたいのがいけないでしょう。

堤 これもいけない。よく「三百字だから頼みます」と言われる。それが原稿書く前に三百字書いたらダメなんです。

三島 アンケートは悪い習慣ですね。

堤 ぼくはみんな破いちゃう。（笑い）

三島 ぼくもアンケートで回答をするのは、お世辞でいうわけじゃないけど『財界』誌の財界賞、経営者賞の推薦アンケートだけだ。（笑い）

にじみ出る父親への愛情

三島　堤さんの小説を拝見して面白かったけど、お父さん（堤康次郎氏）が一番よく書けてましたね。作者の愛情というものが、とても出ていると思う。愛なくしては書けない、どんなに否定しても愛だね。

堤　そう……なんでしょうね。

三島　子供が入院して、父親が見舞いにいくでしょう。あそこのところが、いちばん好きですよ。けっして浪花節になっていないし、お父さんの孤独感は猛烈に出る。

編集部　ところが西武の内部ではそういう受け取り方をされないところがありますよ。

三島　きれいに書けば愛情があるというものじゃない。

堤　と思うんですがね。

三島　でもこれは、例えば法廷にいって争ってもダメですよ。僕は『宴のあと』事件（有田八郎氏のモデル事件）で、さんざんそれを法廷で主張したけれども、そんなことは通用しない。世間の見る目はそうじゃないですからね。

堤　論理が違う。内部で「一つだけ非常に困ったところがあります」と言うので、どこですかと言ったら、脱税事件が書いてあるが、実際にはしていないんだと言うんです。（笑い）空襲で火事のときに、父親が「一歩もだれも入れるな」と言った。ああいうことは絶対ありませんとか……。

三島 でも家長というもののすご味を感じたな。冷酷なようだけれども、家を守るということはああいうことだね。いまのヒューマニズムじゃちょっと割り切れないが、あの当時、そんなヒューマニズムなんて言っていたら、みんな三国人に取られちゃいますよ。(笑い)

腰抜けの〝文化国家〟

堤 三島さんの「楯の会」の話をしましょう。国立劇場の屋上で、あれは百人ぐらいですか。若人を集めて制服制帽のデモンストレーションをやられましたが、私も参列させて戴《いただ》いたこともあって、上智大の学生――これは反三派、反民青のノンセクトの学生ですが、この連中が私に聞くんですよ。「あれはどういうんですか」というんです。それで僕は、あれは、政治運動と思っていない。一つのロマンチシズムの運動で、僕は好きなんだって話をしたわけ。そうしたら上智大に会員が三人いて、これがとても強いんですって。喧嘩だといったら飛び出していって、みんなやっつけちゃうんだって。

三島 (大笑いして) そう。上智の連中はとても元気がいい。

堤 その三人は三島さんのことになったら、目つきが変わるというわけだ。(笑い)

三島 その上智の連中が、僕のところへ来てしきりに怒っているから、なにを怒っているんだといったら、上智の女の子が、「三島って男をはじめて見たけれども、背が低くて、やせていて、カッコ悪くて、見られたものじゃないわね」というんですって。（笑い）このヤローと思って腹を立てたけれども女だから撲《なぐ》るわけにはいかなかったというんだ。だから僕がね、「そんなことをオレに伝える方が失礼じゃないか」といったんです。（笑い）

堤　楯の会も三島さん同様、やや誤解される面もあるので、（笑い）少し話をしてもらいましょうか。

三島　実は、堤さんには、まだ世間に秘密活動という時分からいろいろ打ち明けて相談に乗ってもらってたんですね。会の制服など、安くつくっていただいたんですが、第一回がもう去年（昭和四十三年）の春でしたか、コソコソやっていたんです。どんなことが問題になるかわからない、陸幕も非常におそれていましたし、ここへくるまでには、いろいろあったんですよ。やっとこれで、世間に出しちゃいましたから、肩の荷がおりたんです。ずいぶん堤さんにはお世話になりました。

堤　ぼくは最初、批判的で、むしろ反対意見だったんですが、いろいろ話を聞いているうちに……。

三島　私が思ったのは、どうも戦後の青年を見てると、自尊心を最後に守るという根拠がなくて、左右を問わず何でも腰砕けになっちゃう。その理由の一つは戦後、文化主義みたいなものが風靡したのが原因じゃないかと思った。そこで一つ、武士道というものを復活しなければダメなんだ、という考え方が強かったんです。

ルーズ・ベネディクトの『菊と刀』という本がありますが、これほど日本を馬鹿にした本はない。しかし「菊」というのは文化で「刀」が武道という分け方は面白い。戦後は文化国家というので全部「武」に関するものは抑圧されちゃった。みんな腰抜けを製造するのが文化みたいになっちゃう。もちろん戦争中のように軍人が威張ると、軍人自体が腐敗して、頽廃していくんです。このバランスをとるために、インテリを集めて軍事訓練をやるという発想が出てきた。

アニマルプライド「楯の会」

三島さんは楯の会に今年は八百万円の私財を投じているという。国立劇場屋上のパレードを聞いてアナクロと批判するのも多いが、三島さんによると、間接侵略を守るためには信念をもった〝青年将校〟を育て、それが核となって大衆を動かす力となるんだというのである。部隊訓練を受けた卒業会員を増やして一種の民兵化するわけだ。この情熱を聞くと、個人の力にも無限の可能性があることを信じさせてくれる。

三島　ぼくは、学生にアニマルプライドを持てといってるんだ。三派全学連にしろ、群をなさなければなにも出来ない。「千万人といえども吾往《われい》かん」というときに、千万人のほうに自分を入れちゃうから、吾のほうがなくなっちゃう。（笑い）楯の会でも百人が群なんじゃないんだ、一人一人なんだということをしきりにいうんです。まあ、一種の松下村塾運動みたいなものです。

堤　パレードだけが全体じゃないですが、ああいう面だけでしか、世間は理解しない。

三島　訓練の練度というものを世間に証明するのは、あれしか方法がないんだな。戦闘訓練を見せたらちょっと問題だし、練兵場で陣地攻撃なんか見せたらお笑いですよ。デモをやれば左翼と同じことになっちゃう。（笑い）こういうふうに鍛えております、このくらい出来ましたということをみせる、いちばんいい方法はパレードです。自衛隊のパレードなんかでも、専門家が見ると、その国の軍隊の精強度がわかるんですって。ぼくとしては、一般のお客さんには、なんだパレードだ、平和でいいな、といって喜ばせ、ちょっとしたエキスパートには、どのくらい練度がございますか、見ていただきたい、という二つの面がありますす。練度では、予備自衛官以上だと思って、うぬぼれているんですがね。

マスコミに媚びる全学連

話は当然、三派全学連になる。三島さんは、学生騒動のさなか、東京大学の全共闘の大群のなかに、単身、乗りこんでディスカッションをやった。その感想は？　と聞くと〝行動するもの同志の共鳴感はあったが、命を張るという信念がない〟と憂えて、さらに……

三島　マスコミや大衆社会に対する彼らの対処の仕方が嫌いなんだ。あのときも、僕はこのディスカッションは本にしたら面白いと思って、新潮社に出版部の速記者とカメラマンの二人を入れてくれ、週刊誌なんか絶対いやですよと言って、二人出してもらったんですが、向こうへ行ってびっくりしちゃったのは、テレビが来ている、週刊誌、新聞がきている、みんな向こう側が呼んだんです。(笑い)

堤 マスコミに乗りたいという下司《げす》根性だな。

三島 聞いてみると、マスコミに「金いくらいくらよこせ」とか言っている。全部売り込みずみなんだ。これには驚いたね。そういうところでは巌流島の決闘にならないんだよ。(笑い)

堤 敵に不足ありだね。

三島 この間、佐藤訪米阻止の一一・一七(昭和四十四年十一月十七日)を蒲田《かまた》でやって、見るも無残な失敗ですよね。爆弾を投げる勇気もなければ、身を投げる勇気もない。そして強弁するでしょう、あれは実は成功だった、機動隊を蒲田周辺に釘づけた、とかね。彼らの成功という論理的な根拠は、マスコミに報道されたということなんです。それは政治的な領域であって、精神の領域と違うんだ。彼らは非合法をやるといいながら、マスコミと大衆社会に愛情を持っている。大衆社会というのは、けっきょく合法性が好きなのにきまっているんです。彼らの俗っぽさが、ぼくは嫌いなんだ。

堤 精神の領域と政治の領域を、マスコミを媒介にしてミックスしちゃっているんです。そこを断ち切らないと、ほんとうの運動なんか出来ないいな。

二・二六事件将校の真情

編集部　世なおしという点では、二・二六の将校たちの信念とは、月とスッポンの差ですね。

三島　くらべること自体、二・二六の将校への冒瀆《ぼうとく》ですよ。二・二六の栗原中尉というのは、火薬庫を守るのに将校が不寝番をやるんですが、栗原中尉だけは、いねむりしたところを見たことがない。なぜだろうというと、従兵が言うには、いつも下着に血がついている、ナイフで突《つ》っついていたからというんです。

話題を転じるため編集部が不用意に全学連との対称として二・二六事件の将校の話を出したら、三島さん、やや色をなした。当時の将校のエピソードが次々と出る。二・二六の精神の崇高さに三島さんが酔っている。全学連と比べるほど怒りのボルテージが上がる。

三島　全学連の指導者はなにをやっていますか。安田講堂の攻防では指導者は前の日にみんな逃げちゃった。人間というものはそんなものじゃないんです。やれ世間にがまん出来ないとか、破壊が先だとか、表面的な類似で二・二六事件をいっしょにすると、冗談言うなというんです。(笑い)

堤　今の学生には純真さがない。安田講堂でも、こっちは、自殺者がでるかと心配しているのに、あっさり手を上げて出てくる。敵ながらアッパレという気概がありませんね。

三島 人間が悪くなったんだと思いますよ。それは青年の責任でね。大人の教育が悪いとかいう考えは、とても嫌いなんです。楯の会の講義で、「君ら教育が悪いとか社会が悪いとか一言も言うな」とぼくは言うんだ。「ウエストサイド・ストーリー」に歌がありますよ。「ねえクラプキ刑事さん、われわれが悪いんじゃない、みんな社会が悪いんだ」と。これは戦後の全世界的な風潮ですね。どうして運命を自分で背中に背負わないんですかね。運命はどんな時代だってあるでしょう。背負わない人は嫌いなんです。

堤 三島さんの言う武士道精神だな。

三島 そう。武士道精神は人間の問題です。今の世はほんとうに堕落していると思います。ぼくは女と寝ること、人の奥さんと寝ることは堕落とは思わないし、輪姦しようとフリーセックスやろうと、堕落とは思わないんですがね。

何でも受け容れていく柔構造の世界ですからね。極端な不況を起こさせない、学生を殺さないように規制する警察、少々のことではもう社会は驚かないんだな。それを突破するのが、世なおしなんだから、学生の俗っぽさは腹が立つな。実際には、学生運動がこれで終わったら、大学の改革は終わるし、教授は、ぞうきんで顔をぬぐって昔のままですかね。

堤 このままじゃ、僕もさみしいよ。(笑い) 柔構造社会というのは責任を無限にとかし込んでいくことだな。だれも悪いんじゃないよ、おとなしくしてほしいというのが、柔構造社会なのだ。そこに今や自民党と共産党の共通点がある。

三島

堤　しかし精神的な堕落というのは、今にはじまったんじゃないですね。維新以後はずっとじゃないですか。国家的危機意識があったから、一定限度で歯止めされていた。ところが今は、これだけ財政政策が発達しちゃうと、パニックは起こらないという、安全装置のほうだけが発達しちゃう。

三島　クーデターにしてもぼくが自衛隊へ体験入隊なんかするものだから、ジャーナリストが「青年将校はクーデターを起こしませんか」と、事ありげに聞くんですが、僕は「起こらないよ」と言うんです。というのは、財政政策が賢明になってきた。軍人というのは、じゅうぶんなお金を出して武器を持たしておけば、クーデターなんか起こさない。たとえ自衛隊が、憲法をかえないといってブツブツ言っても、じゅうぶんなる軍備があると、軍人は文句がない、その点、財政政策が根本的に変わってきちゃった。二・二六の頃、師団半減論とかいう軍事政策がもう拙劣をきわめた。あれでは軍人が怒るのはあたりまえなんです。いまは小出しでしょう、ずるくなったね。(笑い)

堤　社会全体が保育器に入っているみたいだ。だからベトナムでアメリカがうまくいかなかったというのは、ベトナム人が裸足で天秤棒かついで、密林のなかを行ったり来たりしている、そのリアリティみたいなものが、保育器の強さに打ち勝っちゃったということだね。あれは共産主義が勝ったんじゃないんだ。

遠くなったノーベル賞

三島 アメリカ人はバイ菌がこわいんだから。僕は朝鮮国境へ行ったある外人の話を聞いたんですが、韓国軍のキャンプとアメリカ軍のキャンプが並んでいる。韓国のキャンプのほうには、大きな看板が立っていて、北鮮兵をグッと突き刺す残虐な絵が描いてあって、南北統一こそわれらの悲願、みたいなことが書いてある。ところがアメリカ軍のキャンプに入ると、同じくらいの大きさの看板があるから、これはなんだろうと思って看板を見たら「梅毒に気をつけろ」と書いてある。(笑い)

堤 その差だな。

三島 しかしアメリカという国は偉いですよ。僕がアメリカの美点をあげるとすると、ベトナム戦争のあいだ、言論統制をやらないでとおしたというのが一つ貴重。それからもう一つ、ソンミ村の虐殺を、まだ戦争中に表に出すというのは偉いと思う。南京虐殺のことを考えたら、想像も出来ませんよ。

堤 アメリカという国は、民族としても若い。生命力がある。しかもアメリカの市民が、非常に驚愕と怒りを感じているという素朴さ。頭からアメリカの軍隊は正義の軍隊で、こんな虐殺なんかするはずがないと思い込んでいる。アメリカ市民の健康度だな。

三島 それが「アッ！ と驚くタメゴロウ」なんだ。(笑い)

堤　ところで三島さん、楯の会というようなものをやってると、ノーベル賞とは縁がきれるでしょう。何度もノミネートされてるが、あれは柔構造の世界のことですからね。（笑い）

三島　そうですね。その点、川端康成さんは楯の会をやる心配はないですからね。（笑い）だから、会員の若いのが「先生、資金に困っているなら、早くノーベル賞を取って、楯の会へ回してくださいよ」というから、「なにを言う、おまえらがくっついているうちは絶対取れないよ」と答えるんです。（笑い）

剣か花か
七〇年乱世・男の生きる道

野坂昭如

〈『宝石』昭和45年新年号〉

心情三派から近親憎悪へ

野坂 ぼくは最近、食うというのは、まったく意欲がなくて、飲んでばかりいるんですよ。七十年を迎えるに際して、酒で立ちむかうんです。(笑い)

三島 ぼくはしかし、野坂さんの堂々たる変節というのは、面白いと思うのだよ。おれは考えが変わったというのだったら、あのくらいはっきり変えてもらわないと、ね。あんた、三派全学連のシンパやめたんだろう。

野坂 ええ、やめました。いまのいわゆる三派には。

三島 やめてからのエッセイは、とってもいいね。ことに最近の、総評のジョニクロの話なんて実にいいよ。

野坂 三島さんは、あんまり脅迫されるということはありませんか。

三島 やられないね。

野坂 ところが、ぼくみたいに腰が定まらないと、どうもいけないんですね。ぼくは火焔ビンまがいのしろものを投げられました。あるいは酔っぱらいのイタズラかもしれないけれど。

三島 ほんと……それはまたひどいね。

野坂 ぼくのところは、右翼からも、ときおり丁重きわまる書面がきましたけれどもね。共産党にもからかわれる。民青からも皮肉いわれる。それから全共闘のある部分の連中には、不倶戴天《ふぐたいてん》らしくて、だからどこもここもダメで、ほんとうに四面楚歌《しめんそか》なんですよ。三島さんは、一〇・二一（昭和四十四年十月二十一日）の新宿のときに、ガードの下にいらっしたでしょう。ぼくは向こう側にいたんです。機動隊の後ろにいるほうがよっぽど安心。（笑い）群衆というか、そっちの中に入っていると、こわくてね。（笑い）

三島 おれは、『パンチ』の腕章で行ったんだけど、あなたは、どこにいたの。

野坂 ぼくも同じく『パンチ』の人といっしょに行っていたんです。それで、ガードの上にいたり、下にいたり……。ぼくは、ほんとういえば、変装するのが簡単なんですよ。というのは、黒メガネをとればいいんだから。ところがメガネをとると見えなくなる。（笑い）だけれども、あのときはメガネを取ろうかな、と思うくらいにこわい瞬間もありましたね。

三島 一〇・二一で……？

野坂 ええ。それは、一面において、心情三派を裏切った、というやましさがあるのと、もう一つは、一種の近親憎悪みたいなもので彼らにやられるんじゃないかというこわさ……。機動隊さんがいくら殴ったって、いまのところは殺されはしないだろう、という気があるが、あの連中たちがヒステリックになったら殺すかもわかんないでしょう。

三島 かもわかんないね。

野坂 だからこわくて、こわくて。ついにぼくは機動隊の後ろのほうに行っちゃった。（笑い）ところが、機動隊のほうにいくと、機動隊がイヤな目をして、あのやろう来ているというような目付きをする……被害妄想かもしれないけれど、鳥獣合戦のコウモリの心境をひじ

ょうに味わったな。(笑い)

三島 おればだけれども平気だね、どこに行っても。別に危険を感じたことはないね。

野坂 それは剣道五段の腕前……。

三島 いやそれとは関係ないのだよ。どういうのかな、もうあきらめているのかなおれは。

野坂 ぼくも、三島さんがまず個人として体を鍛えたというのは、とってもよくわかった。(笑い)ぼくも発作的に、ボディビルやろうと思うのですよ。でも、すぐいやになってやめるんです。この前の一〇・二一のときも、沖縄のときも、東大のときもそうでしたけれどもね。とにかく、百メートル疾走でもって逃げるだけの体力がなかったらだめですね。

三島 まずそれだね。もう百メートルを十七秒以上かかるようになったらだめだよ。これがリミットで、それ以上かかる人は、デモなんか見物にいくべきじゃないのだよ。

野坂 昔の、国民体力検定のときの初級がたしか十六秒でしたね。だから、一所懸命、走る稽古をしているんですがね。(笑い)走る足をもってないと、とてもじゃないが弥次馬にはなれない。おっかなくて。ぼくはかなり必死になって逃げましたから、それはまあよかったんですよ。ところが三十分ぐらいたってから、胸がドキドキしてきたんです。(笑い)腹上死というのはそうだそうですね。けっしてその行為中は死ななくて、三十分ぐらいしてから、心臓に負担がかかって、それでコロッといくんだそうですね。

三島 そうすると、腹の上で死ぬのは、三十分、上に乗っかっていて死ぬのかな。(笑い)

野坂 いいや、行為が終わって、降りてから心臓がくたびれちゃってあの世へいっちゃうのが、だいたいの腹上死だそうです。だから腹側死というのでしょうね、ほんとうは。

三島 なるほどね、そっちがリアルだね。とにかく、個人的に体を鍛えておくということは、役に立ちますよ、これから。

野坂 三島さんはやっぱり見通しがよくて……。

三島 気がついたのが十三、四年前ですからね。それでみんなにバカにされながら、イバラの道を歩いてきたわけですよ。

野坂 いまになって、やっとわかってきたということですね。(笑い)

命を賭ける、ということ

野坂 いまの学生たちの運動を見ていると、彼らの過激な戦術に見合う社会情勢がないところでやっている以上、どうしてもゴッコになっちゃうんですね。戦後教育というのは、いいにつけ悪いにつけヒステリックな意味ででも死ぬというふうに自分をかりたてることを、ひじょうにうまく骨抜きしたんじゃないですか。狂的になりにくくしている。

三島 そう。戦後教育は、死ぬということを教えてないね。客観状勢がどうとかということは、ぼくは必ずしも信じない。それだからぼくは共産党が嫌いなんだよね。客観状勢が熟すのを待つというのは、ゲバラがいちばん嫌ったろう。革命の客観的条件というのはないんだ、それを熟させるのが革命家だ、という考えだろう。それを熟させるのは精神だよ。それがあれば、なにかがかもしだされてくる。そのかもしだすことにも、彼らは失敗していると思うのだ。一〇・二一をみて、ぼくはほんとうに見放したね。

野坂 それまでは見捨てていなかったわけですか。

三島 うん、どっか見捨てていなかった。ひょっとすると彼らも……と思っていた。

野坂 それはつまり、革命ということではなくて、彼らが死をかけるという……。

三島 人間の精神の問題だね。それがなければ、革命というのはまず出発しない。彼らはそこにいくまでのことで、思想を行動化したということでイバっているわけだよ、テレビに出たり。ぼくは、彼らはマスコミに毒された一種の大衆社会の子だと思うのだな。

野坂 たしかにぼくは、ある思想に自分の命をかけるなんてことは、まったくできない。ただヒステリックになって、カーッとなっちゃって、なんかやるということは自分としてあり得ると思いますが。ぼくはとくに高所恐怖症だから、いつもびっくりするのは、よく時計台の上で平気で突っ立っているな、と思うのですよ。あのときに、あまりこわいもので、キューッとなって下に降りてしまうような、ただの恐怖感から死ぬのでもかまわないから、そういうものでもあれば、事態は変わってきたと思うのですよ。事態を動かす力というのは、案外くだらないかもしれない。

三島 ぼくもそう思う。

野坂 あのとき彼らが、なぜそういうふうに自分を追い込むことができなかったかといったら、機動隊は殺さない、という甘えがあったと思います。ぼくなんかこわいのは、機動隊につかまれば、ごく下世話な話だけど原稿の締め切りにまにあわない。すなわち飯のくいあげだ。そこで一切がおしまいだみたいなところがあるから、そんならば、とにかく一つぐらい殴ってやろうという気があって突っ込んでいくと思うのです。それで、その過程で死んじゃうかもわからないけれども、そういうバカバカしい犬死にでもあったほうがいいと、ぼくは思うわけですね。

斬りつけられたらどうする

三島 ただ野坂さん、ぼくもそれは賛成だけれども、それはぼくは日本人だと思うんだよ。日本人というのは、そういうやつだと思うんだよ。ところがぼくは、戦後の人間というのは、新左翼でもなんでも、西洋人になっちゃったんじゃないかと思うな。西洋人はそんな行動はとらないよ。必ずリミットがあるんだ。

野坂 それはだから、戦後の教育が、そういうふうにしちゃったんじゃないですか。

三島 けっきょく、人間の生命ほど尊いものはない、という考えだよね。その考えが、どっかで掣肘《せいちゅう》するんだ。

野坂 だから自分の生命ほど尊いものはないんであって、実際問題としては、人間なんて他人が何百人死のうと、どういうことはないわけでしょ。彼らは、そういうことがはっきりわかっている人なんですね。

三島　ウン、そうなんだよ。

野坂　東大に三島さんがいらっしゃったときに、いかがでしたか。三島由紀夫がくるならば、相対死してやろうというような気違いめいた人間というのはいませんでしたか。たとえば、三島さんに殴りかかるとすると、三島さんが格好よくたたき伏せてしまう。そういうときあとの状態というものはお考えになるものですか。いまの若ものたちが短刀ぐらい持ってきたって、一人ぐらいはかわせるだろうけれども、そのあとは、こてんぱんにやられてしまうことをある程度想定していました？

三島　それは想定していたね。でもやられても、みっともないやられかたはしたくないと思ったね、ほんとうに。土下座しろといわれたら、おれは死んでも土下座しないね。

野坂　そうするとあとは、斬り死にみたいなことですか……。

三島　だけど、それは単なる空想の世界だよ。実際向こうにそういう気がなくて、こっちがあれしていたらマンガだからね。

野坂　でも、もしそういう気違いが出てきたときの自分の処しかたというのは……。

三島　それは考えていたけれども、恥ずかしいからいわないよ。ちゃんと考えていた。いくらぼくだって、それは多少考えますよ。

野坂　いまお話しいただけませんか？

三島　いやですね。それは恥ずかしくていやですね。そういうことは、性行為を公開したりなんかするように、恥ずかしいことだよ。

野坂　あのあと、ぼくも全共闘の学生によばれて、ある大学にいったことがあるんですよ。ぼくが、裏切る、と宣言したものだから、元心情三派野坂粉砕、ということで。そしたら廊下に「野坂昭如」と書いてあって、学生同士が「この名前を踏んでこい」なんてやっているんですね。（笑い）戦争中のこと思い出しちゃって、バカバカしいことするもんだと思いながら入っていくと、やっぱり「あなたは死ぬ気でここまで来たのですか」ということを聞くわけですね。そういわれたら、女に「あなたは私を愛してますか」といわれたのと同じで「来てます」というわけですよ。

三島　しかし、あんた東大に行ったときは、シンパとしていったんだろう。

野坂　それは、そのずうっと前のことですね。東大のときは、山本義隆さんなんかに、あんたに何いってもわかんないだろうが、ちょっと説明すればだな……ということで。（笑い）ぼくのほうは、しごく真面目に、ローマイアのハム持っていって、あんたがた見たところずいぶんやせこけているけれども、少しハム食ったほうがいいですよ、といって、一所懸命ハムを差し入れてたんですけれどもね。

日本精神とエロチシズム

三島　ぼくはこんどの一〇・二一で、これはいかんな、と思ったのは、自民党が絶対に自信もったということだね。いまのままですべていいんだという自信だな。これで日本の憲法も変わらんね。つまり憲法を変えなくたって、ここまで警察力を動員して、戒厳令一歩手前のことまでできる。そしてみんな人民は喜んでいるんだものね。

野坂　ぼくなんか戦前の状態はあまりよく知らないんですけれども、ああいう戒厳令前夜みたいなことさえ可能ならば、エロチシズムの弾圧というようなことはごく簡単、先方の鼻息ひとつでできちゃうような気がするけど。

三島　戦前の場合は、お定《さだ》事件が、あの時期に風穴みたいになって、天窓が開けたということがありますね。多少エロをゆるくしてという……。ところが、このごろは、エロもだんだんうるさくなってきたんじゃないですか。ぼくは、いまみたいな時代だったら、多少エロのほうもゆるくするかと思ったら、そうじゃないんですね。

野坂　国家なら国家が、ある意志をもってこっちを押えにかかるのはいたしかたないと思うし、エロについて、まあお手並拝見という気がするんだけれども、ただひとつ、やり方として下手なような気がするときがありますね。

三島　いまは下手も上手もないですね。見ていると、もう力というものをはっきり出しても大丈夫だという考えがひじょうに強いからね。しかし、リベラル・デモクラットというのが自民党の立場なら、やっぱりセックス関係のことはリベラルでないといかんね。もし日本精神を第一にするならば、それは少しくらいセックスを取り締まって、野坂さんぐらいちょっぴり弾圧してもいいけれども、（笑い）リベラル・デモクラットというのであればおかしいよ。筋が通らないよ。

野坂 日本精神からみると、私のものはだめなんですか。

三島 いや、ぼくの日本精神でならいいんだけれども、世間のいわゆる日本精神、儒教的日本精神からいえば、だめだろうね。ぼくのは、セックスも完全にいいんだよ。あらゆるフリーセックスが……。

野坂 いまの日本精神でいっても、ぼくのは行為そのものはあまり書いてないんだから。たいてい行為のあとは、果てての ち、ということで、そのものは書いてないんだから。

三島 そう、書いてないね。

民族主義《ナショナリズム》のメッキがはげる七〇年代

野坂 これからだけれども、七〇年代というのは、どういうふうに進んでいくか、ぼく自身は七〇年は何事も起こらないだろうという感じだったんですけれども、あまり政治的なことでなくて、日本がどう進んでいくかというようなことについては……？

三島 ぼくはね、一九六〇年代というのは、平和主義のインチキがバレた時代、一九七〇年代は、ナショナリズムのインチキがバレる時代と考えているんだよ。沖縄即時返還にしろ米軍基地反対にしろ、それから自民党や財界の自主防衛にしろ、これはナショナリズムだからね。この金看板には、だれも勝てないでしょう。ところが、そのウソがわかってくるのが七〇年代だと思う。

野坂　金看板のメッキがはげてくる？

三島　そうなんだ。いま財界が自主防衛というのは、イコール四次防の政府投資がほしいということなんだ。あと二年もたてば、アメリカへの繊維輸出がむずかしくなって、ますます対外貿易はうるさくなってきますよね。これ以上、日本が外資をためて、スーダラ、スーダラ国際経済を渡ることは、できなくなりますよね。国内市場は完全に飽和しちゃって、もうこれ以上消費できないことになれば、あとは兵器しか作るものがないものね。ボカスカ無駄にできるものが兵器しかなけりゃあ産業界はどうしても、自主防衛ということで兵器でもうけることを考えてきますよ。だから、ぼくは自主防衛ということば使うのも、もういやなんですよ。

それから、沖縄返還にしろ、米軍基地反対にしろ、本当は別のところにある、というウソもバレてくる。七〇年代は、そういうことがわかってくる時代だね。

野坂　どんどんメッキがはげて、さて鬼が出るか、蛇《じゃ》が出るか。人間がそう一朝一夕に変わりゃしないという……。

三島　だから、いまは、ナショナリズムと安保を両手にかかえて、なんとかのんきに暮らしたいというのが大部分で、あいまいな状態が続いているんです。だけれども、どっちかいまに捨てたくなりますね。きっとそうなるですよ。そうなったときは、自民党は完全にメッキがはげますね。自民党のいっていたことは、必ずしも日本のためであるかどうか疑わしい。もちろん社会党も、共産党のいっていることも疑わしい、公明党のいっていることも疑わしい、ということになりますね。

野坂　それはつまり、三島さんのお考えになる、かくあらまほしきような状態ですか。

三島　そうね。いつかそう目覚めるだろうと思いますね。あと十年以内に……。

野坂　やっぱり三島さんは、世間よりも先を読んで……。

三島　そうじゃないよ、ぼくが先を読めたのは肉体だけですよ。(笑い)

反戦と反米のしがらみ

野坂　ぼくなんか、ひじょうに変なところがあって、外国なんかで具体的にアメリカ人にバカにされると、「この野郎、もういっぺんやったるか」という感じがしてくるんですね。観艦式の写真なんかを見ても、世界に冠たる日本連合艦隊の思い出がよみがえってくるわけですよ。日章旗を後ろに背負って、仁丹を万能の薬だといったような、(笑い)そういった時代へのノスタルジアが抜きがたくあるんです。向こうがごちゃごちゃいうなら、核兵器どころか、BC兵器でもいいから、太平洋のなかにバラまいちゃうゾ、と開き直るような……。

ところが、一方においては、なんかもう戦争がいやだというか、一挙手一投足しばられても、あんな一方側にゆだねて、ごたごたいわれるのはいやだという気持ちがかなり強いんですね。たとえば、きちんとした世の中でもって統制がとれてなんとかというよりも、グータラ、グータラするような、つまり「楯の会」と反対のところに（笑い）自分はいる。そのへんのあたりが、自分にもどうもよくわからないんだけれども……。

三島 それはいちばん正直だろう。おそらく終戦前の日本人は、白人女性を強姦する妄想をみんなもっていたんだからな、ロサンゼルスあたりに日の丸が立ったらね。戦争を推進する力というのは、一部は一種の性的妄想だからね。

野坂 ぼくは戦争のみじめなところばかり書いているとよくいわれるけれども、実はかなりもっと深いところでは、怨念《おんねん》をもうひとつたくわえていて、いつかギャバジンに包まれた豊かなヒップに、こっちのチンポを突っ立ててやりたいという、そういうものがあるわけですよ。（笑い）ところがそれでいて、自分はいま一種の、反戦側に立っているわけだけれどもそれを考えていくと、ときどきわからなくなっちゃいましてね。（笑い）それで、三島さんなんかの本音というのはどうなっているのか、聞いてみたいという気がするんですよ。

三島 それはあんたと同じだよ。だから、あなたは、もうひとつ建て前をもつ必要はないじゃないの。

野坂 いや、本音のなかに、ガタガタいうならやったるぜというような気持ちと、もういっぽうじゃ、戦争はいやだ、グータラ、グータラやっていきたいという気持ちがあるわけなんですよ。

「芸術」か「生活」か

三島　だんだんわかってきたけど、野坂さんは芸術と生活を、あまりはっきり分けないのだな。ぼくは、分けちゃうのだ。つまり、芸術のほうは、もう完全なグータラの論理でね。しかし、生活のほうには、絶対秩序が必要だと思う。秩序があったほうが、人間は美しいと思う、とくに男は。そのためには、厳しい規律がいるし、体をしょっちゅう鍛えなければならない。で、この生活のほうにぼくの政治思想があってだね、グータラのほうには、政治思想はもっていかないのだよ。グータラのほうを政治思想で包もうとすると、どっちみち言論統制になるからね。それで、芸術のほうはあくまで不道徳の限りをつくして、どんな芸術だって、ぼくは認めますよ。

野坂　ぼくはだらくのかぎりをつくす性癖みたいなところにいきたいと思いながらも、そうしちゃいけないというようなヘンなあれがあるんですね、片方のところに。

三島　あなたが考えている反戦だとか、いやだとか、自分が卑怯だとか、おなかすいた記憶というのは、芸術のほうに入れておけばよいのですよ。簡単にいえば、芸術というのはけっきょくウソで遊んでいるんでね。ウソの世界で本音のない世界である。そして、いっぽう政治なり、生活なり、人生なりでは、本音を思想化していけばいいんだ。たとえば、ベトナム戦争で人が死んでけしからん、といったら、そんなことかまったことじゃないといっても恥ずかしいことではないし、それもモラルだよ。いまの日本人は、人からもらったモラルしか持たんからだめなんだね。

野坂　そうすると、これからのモラルというのは、どういうふうな……。

三島　あなたのいう本音以外にモラルはあり得ないでしょう。モラルというのは、しょっちゅう、命をかけることを要求するからね。たとえば、あなたが全学連と対決して、おれはベトナムで何人、人が死んでもかまわない、といったら、それはあなたのモラルですよ。それに対して向こうがぶち殺すぞ、というたら殺されちゃうわけだな……。

野坂　いや、そのときにうまく言いのがれしちゃうのではないかと思ってますが。（笑い）だけれども、ぼくが死のうと思うのは、夫婦げんかしたときですね。女房があんまりわかんないことをいうと腹が立ってきて、この野郎、いっそ一〇・二一でもって突っこんでやろうか、というような気がしてくるんですよ。ぼくが死ぬというのは、モラルじゃなくて、そういうあてつけみたいな……。（笑い）

「楯の会」か「流行歌手」か

三島　ぼくはあなたと同じように、戦争中の恐怖があるんだろうと思うけど、自分の文士としての職業について、ずうっと考えてきたね。ぼくは戦争中、少年だったから、言論統制のおかげでギューギューしぼられたり、文学報国会に入らないと妻子が飢えに泣くという経験はないけれど、いつ、そういう時代がくるか、そういう時代がきたらどうしよう、ということをずうっと考えてきたね。そして、もしそうなっても、日本の文士のああいうやりかただけはしたくない、そう思う一心で「楯の会」を作ったんだよ。そこにいれば、兵隊さんには使われる。だけれども報道班員にはならないよ。

野坂　ぼくは、だからそれで、歌うたってるんですよ。（笑い）

三島　ああそうか。だけれどもあんた、歌うたうと慰問団に使われちゃうよ。報道班員よりもっと悪いよ。（笑い）女なら慰安婦だな。

野坂　だけれども、慰安婦ならいいじゃないですか。男は別に兵士であろうとなんであろうと、男は男なんでね。ただつまり、自分の立場とか職業を売ってまで、あるものに奉仕するのはいやということなんでしょう。

三島　そういうことなんだよ。だから兵隊さんとして使われればいい。報道班員はいやだ。ほかの文士はみんな報道班員だ。（笑い）

野坂　ぼくは兵隊さんになったら死んじゃうだろうと思うので、一所懸命、歌のほうでやって、いざとなったら歌をうたっていこうということですね。キャバレーで歌うと、十万円ももらえるんですからね。

三島　ホー、それはいい。おれはあと一年すると剣道の錬士をとれるんだ。錬士を取ると高校まで先生になれる。田舎の草深いところでもって、剣道を教えてやることができるのだよ。

野坂　三島さんの前でもの書きぶるのは、具合が悪いのですけれども、もの書きとしての志を曲げさせられるくらいなら、ほんとうに歌うたい、いや、おかまになった方がましだ。もっとも売れないだろうけれどもね。

三島 それはほんとうにいいよ。

野坂 こういういい方は、三島さんはあまりお好きじゃないかもしれないけれども、いまの連中がいちばんいけないのは、戦争中とそのあとの食えないという状態を知らないということだと思うのですね。

三島 それはそうだね。ぼくだって、イモをリュックサックに背負って、おやじといっしょにかついで帰ってきてね。あのころはよくおなかをこわしたもんだけれども、家にあと百メートルというところで、腹が痛くなって、リュックサックを放り出して帰りたいのだが、そうしたらだれか持っていくから放り出せない。死ぬ思いをして家まで持って帰ったことがあるね。

野坂 全学連は絶対的食糧難というのを知らない。こっちはあまり食えない状態を知っているものだから、この程度食えればいいじゃないかという感じがするんですけれども、連中はいまより少し食える状態があったら、簡単にそっちへいくんですね。あの連中の転向のすばやいこと。それはけっしていけないとはいわないけれども、名目をうまく見つけて、自分の転向を正当化するのにたけてますね。東大の医学部の連中、なにも国家試験受けなくたって医者は医者ですよね。

三島 そんなこといわれると、おれは国家試験をうけた口だから、何ともいえないが。

野坂　だってそれは、高文のようなものでしょ、医師の国家試験とはちがう、東大闘争のその元兇のところでもって、国家試験受けるんですからね。国家試験うけなくたって、無医村へ行って闘い、あげられたらあげられたで、また闘えばいい。かつて全学連の闘士だったのがケロッとして大企業の中に入ってしまうということがよくいわれたけれども、いまでもあるんですね。いったん入ってしまえば、その会社をくずそうとしている人間がどういうことを考えているかがよくわかる。だから、反対側にいくと、たいへん厳しい経営者になるんですね。だから、革新系が知事になっているところは、みんなひどいめにあうでしょう。たとえば京都がそうでしょう。松前重義《まつまえしげよし》がやっている東海大学がそうでしょう。弾圧の仕方は、「楯の会」みたいな応援団がいっぱいいて、すごいんですよ。あれは社会党の代議士ですよね。

「女房・子供」は言い訳になるか？

三島　「楯の会」というけれど、おれのところはおとなしいんだよ。

野坂　ぼくはいちど、新宿でフォークゲリラのあのときに会ったな。

三島　あのときは配置したんだよ。制服着て見てこいといって。私服でみてくるのは、だれでもできるけど、ユニホームで行くのは度胸がいるよ。

野坂　ぼくは報道班員の腕章を持たないで、ヘルメットもかぶらずに入るつもりで行って、入

った途端に、パッと腕章しちゃったね、恐ろしくて。（笑い）

三島 ぼくはそれよりも、去年の一〇・二一のほうが、よほど恐ろしかった。あのときは騒乱罪適用のすぐ前までいきましたがね。あのモッブは恐ろしかった。

野坂 やっぱり、モッブということばであらわされるイメージというようなものが満ち満ちないと、なんにも起こらないですね。

三島 そう。ことしの一〇・二一ではモッブはなかったね。全然なかった。警察もうまくなっちゃったんだけれどもね。

野坂 ただ、警察の警備過剰というのは、まあ当然かもしれないけれども、警察はああいう権利をいっぺん手に入れると、もうはなしませんからね。

三島 それから、日本の警察は、やっぱり公安中心で、公安は警察のなかの一種の知的エリートという感じがあるだろう。一般の暴力犯の刑事が、全学連などを取り調べて、いちど公安の味を覚えると、もう忘れられないよ。いまみんな安保体制で、ほとんど公安部に糾合《きゅうごう》されているから。上にいくほど、それは問題は多いね。

野坂 こんどの場合、特徴的に多かったのは私服でしたね。

三島 機動隊の私服もずいぶん入っていた。

野坂 一人一人は板につかないけれど、中に入るともうわかりませんね。その連中が、学生たちをひっぱり出してくる。

三島 おれは自分がこんなことというのは恥ずかしいけれども、たとえば、安田講堂のようなあんな舞台は、男の一生であるかないかの派手な舞台なんだから、それは死んでやるね、カッコよく。

野坂 ぼくなんかつきあっていて面白いのは、安田講堂に入らないで逃げた連中ね。これが逃げてしまったということでいろいろ思うわけですよ。それでくよくよくよ、いまや大酒飲んでアル中みたいになってね。たいへん人間的ではあるけれども、かわいそうな人間になっているんですよ。

三島 あのときはしかし第一に、指揮者がいなかったじゃないの。山本は、あれは絶対に踏みとどまるべきだね、軍隊流の考えでは。

野坂 ぼくもそう思いますね。神風特攻隊を出した以上、指揮官は最後にはやはり死んでいかなければならない。もっとも、ぼく自身は、石を投げる勇気はないんですけれどもね。女房子どもとささやかに生きていたいという気があるから……。

三島 しかし女房、子どもというのは、ぼくは言い訳だと思うよ。ほんとうに女房、子どもはそんなに大事かい?

野坂 かなりぼくは、女房、子どものことを思いますよ。女房はそうでもないが、子どもはかわいそうでしようがないですよ。

三島 それはあんた、親のうぬぼれだよ。

野坂 ただぼくの子どもは、息子でなくて娘なんですよ。だれが何といっても、ぼくは娘がかわいいなあ。

三島　娘だってタフに生きるよ。全学連にいったってタフに生きるよ。ぼくは、男は女房、子どもを弁解にしたらもうおしまいだと思うね。ぼくはいやだな。だって向こうがどう思っているかわかんないじゃないの。（笑い）亭主なんて早く死んだほうがいいと思っているかもしれないよ。自分が主観的にかわいいものを言い訳にしたら、けっきょく自分の主観の世界にいるわけで、つまり自分がかわいい、と同じことだよ。

野坂　ぼくは娘が娼婦になってもいいと思っているんですよ。しかし男親のいない娘というのは、とってもバカバカしい行動をとることがある。だからぼくが考えるのは、せめて自分の娘が、自分の性的な意識がもてるようになるまでは、そばにいてやりたいというような気持ちがするんですよ。これが男の子なら、ぼく自身がいちどやったことですから、親なんかいらんだろうということですがね。

三島　おれは、いつポックリいってもいいと思っているよ。だが、ガンなんかはイヤだな。

野坂　第三次大戦なんかでもって、ハッと気がついたら死んでいた、なんていうのはいちばんいいですね。

三島　それはいいね。

尚武の心と憤怒の抒情

文化・ネーション・革命

村上一郎

〈「日本読書新聞」昭和45年1月1日〉

思想的な徹底性とは——革命と反革命とは違う

村上　三島さんが前に「楯の会」について村上兵衛さんと話しておられたのを新聞でちょっと見たのですが、国を守るということを盛んにいっておられるのですが、革命をやるということは考えないわけですか。

二・二六と五・一五

三島　考えないわけじゃありませんよ、でもそれは今の現実の風土として非常にむずかしい。ぼくは二・二六事件みたいなものが好きですけれども、今の青年将校にずいぶん会いましたが、一番激しい人でも考えていることはやはり体制内革新ということですね。防衛大学を出てこの春の移動で、今やっと三佐が出て来ましたね。一佐にならなければなにも起せないのです。一佐になった上でまず体制内革命をやっていこうという考えの人が多いでしょう。

村上　一佐になってからナセルみたいになるならなる？

三島　まあ、なるならなると考えている人はいるかもしれない。

村上　それまでに年とってしまう。

三島　そういう考えはいつもワナがあるので、そうなった場合には自分があるできる力を持った場合には、これを権力の中の機構で自分が動かすと考えるわけですね。自分が力がないという状態、たとえば二尉なり、三尉、そういう人たちが、自分は力がないのだけれどもやるのだというのは、ぼくの会った範囲では一人もいませんね、見た範囲ではいないと思いますね。

村上　そういう連中がだめであっても、あなた自身が革命をやることはあり得ることでしょう。

三島　ぼく？　だってなにができます、ぼく一人で。考えたって……。

村上　「楯の会」などつくってもだめですか。（笑い）

三島　それはだめですね。やっぱり革命と反革命とは違うのだと学生にいつもいっているのです。反革命というのは死ねばいいのですよ、とにかく。ですからチェコの一九四七年みたいな革命が起きそうになれば、それこそ爆弾持っていって新しい内閣の閣員を爆弾でぶっ殺せばいいのです。それだけが反革命、それは十人あればできるのです。ですけれども革命というのはそうはいきません。

村上　なるほど、そこが三島さんとぼくのちょっと違うところで、ぼくは二・二六よりはむしろ思想的には五・一五に惹かれるのですね。だから二・二六に対しても、あれがもっと大規模であるか、あるいはもっと小規模であったらと思うのです。

三島　精神史的にいってもね。あれはちょっと中途半端。

村上　千何百人ですか。ちょっと中途半端なんですな。日本の国がもっと非常に遅れた国ででもあったなら、千五百人動いたら、そりゃナセルかなにかになるわけでしょうけれども。

三島　でもあれは戦術的には宮城包囲の問題と、ＮＨＫの占領をやっていたら違っていましたよ。

村上　ただあの人たちの指導では宮城を占領する思想にならないでしょう。「大御心《おおみごころ》にまつ」方になるのじゃないですか。北一輝が自分でやったら、そりゃ宮城を占領して放送局をとる方にいったかもしれないのですが、その点でぼくは五・一五の方がある思想的な徹底を感ずるわけですがね。むろんあの場合は小規模ですからね。海軍軍人六人ですか、これは「死ぬことと見つけたり」に終っちゃいますね。

三島　二・二六は、ある数時間、六時間くらいだと思うのですけれども、自分は大臣になれると思ったときが絶対にあったはずですよ。あのとき混乱があったですね。

村上　というのは軍事参議官をたらし込んだ時ですか。

三島　六時間から十時間くらいだと思います。

村上　二月二十六日の午後くらいですね。

三島　ぼくは、だからあったと思うのです。それはみんな今いいませんけれども、必ずあったと思うのです。あすこで混乱が起ったですね。

言葉がばかにされ——文学の責任、文学者の態度

言葉・文学の責任

村上　日本人というのはどうしてこう人がいいのですかね。だまされやすいというのか。

三島　ぼくはだまされやすい云々よりも、言葉が軽視されたということがすべての間違いのもとだというふうに思うのですけれども、たとえば戦術的にいっても、政治の基本は、言葉で「おれはあした羽田から立つ」というと、羽田から立たなければならないというのが政治のルールと基本であって、佐藤首相はこわがりだけれども、ヘリコプター使ってまで発《た》つわけなんです。こっちも「あした首相官邸を占領する」といったら、その言葉は文学の言葉と本質的に同じ重さを持つべきだ。

村上　武士に二言はないと言う。

三島　それでね。ぼくら小説を書くときはそういう言葉を書くつもりで書いているのだから、そうしたらやらなければならない。そりゃ死んでもやらなければならない。だから「十一月に死ぬぞ」といったら絶対死ななければいけない。政治の言葉が文学の言葉と拮抗するのはその一点を措《お》いてないのですよ。ぼくはそう思うのですね。それを全部戦術である、あれはああいって敵をだましたのだ、実は死ぬ気はなかったので、ちゃんと戦力は温存してある、首相官邸をどうせ占領できないことはわかっているが、敵の目をくらますためにそういったのである、などと言う。これは戦術というものの一番最低の戦術ですね。欺《き》騙《へん》行動というのですけれども、ぼくはそれはもう言葉がばかにされている段階だと思うのです。一度言葉をばかにしたら、あと永遠にこれをばかにしなければならない。

村上　文学者でもそうですね。文学は形式なんだ、内容は別なんだ、いいたいことと書いたこととは別だというようなことをいう人がいますね。これは武士に二言があるわけで、描写されたものは自分と違うのだというようなことで逃げるわけですね。あれはどうもよくないと思うのですが。

三島　文学と思想との関係はそう簡単にはいかないですね。客観性というものがありますから、自分の思想と関係のない人間がここでやっぱり考えなければならないでしょう。その人間について自分がどこまで責任があるかということになったら、ぼくが右翼だとしますね、作品に左翼が出て来ますね、この左翼の人物がほんとうに客観的に書けるか書けないか、作家の分れ目だと思いますね。書けた、書けたときにこの男に対してぼくがどういう思想的責任があるかといわれても仕方がないですね。

それはあたかも小説家が人殺しを書くときと同じだと思うのです。あるいはおとなの小説家が子供のことを書くとか、ぼくの年齢でもって七十歳の人間書くとか、それの最終的な責任と保証というのはぼくの中になにもあるわけがない。四十歳の男がどうやって七十歳の男書くんだ、七十歳がたしかに書けているか書けていないか、お前どうやって保証するのだといっても、ぼくは責任ない。

村上　人間のイメージがヌーっと描写の中から出てくるか出て来ないかの違いですね。出て来なければいけない、出て来て責任とらなければいけない。私はそう思うのだけれども、どうもこのごろの文芸評論家の中には、描写されたものは別なんだ、別の世界なんだということでやっている人がいるわけですが、それはどうも反対なんで、ただヌーっと出て来て、そいつに対してとことんまで責任とる、そういうところがやっぱり作家にほしいと思うのですね。そうじゃないと大きく世の中を感動させるような、または尊敬されるような作家は出て来ないのじゃないか、作家は尊敬されなくなってしまう。

三島　村上さん、そこはぼく違うな、ぼくは文学については責任絶対とらないですよ。文学というものは猫と同じで、全く無責任なものだ。猫というのは全くエゴイストですからね。えさをくれれば、このえさというのは猫に食わすために人間社会が生産しているのだと思っています。猫は絶対非協力で、なにものに対してもサービスするということはないですよ。けれども猫は愛されるでしょう。あれと同じで、ぼくは文学者あるいは芸術家というものは猫と同じだと思うのです。

ぼくはいつもその比喩をいうのですがね。文学者の最終責任というのは、たとえばここにアイスクリームがありますね。このアイスクリームは世界なんですよ。この世界が溶けてしまった。アイスクリームがぐしゃぐしゃな形になってしまった。お前アイスクリームが溶けてけしからんじゃないかといわれたって、アイスクリームは溶けるにきまっているのです。アイスクリームが溶けてぐしゃぐしゃになっちゃったことはほかのやつが悪いのですよ。

それは溶けるまで食べなかったから悪い。私の責任じゃない、私の責任は、もしそのアイスクリームが溶けなかったときに食べていたら、どんなにおいしかったであろうということを私は保証しますよ、味は私がつけたのですから。だけれどもそれが溶けちゃったことに対しては責任がないのです。そうしますと文学者と世界とのかかわり合いというのは、ぼくは溶けていくことに対してはなんの責任がないという確信を持つのです。味だけが責任なんですよ、文学者は。それが言葉というものに対する文学者の態度であって、ぼくは自分の小説書くときに責任持つ範囲がはっきりきまっているのです。言葉の味、それ以外のものにぼくなんにも責任持たないです。

村上　そうすると昔のいわゆる「言霊《ことたま》の幸《さきは》ふ」というような考え方についてはどうお考えですか。

三島　言霊の幸ふというのは、紀貫之が「猛きもののふの心をもあはれと思はせ」ですか、『古今集』の序にありますね。言葉が現実というものを支配しているのだ。そうして現実の人間感情というのは結局その言葉から出て来たものでできているのだという、現実に対するアンチテーゼを立てる立て方なんですね。言葉がもとだというのは、あの考えは文学者として当然の覚悟ですけれども、あの言葉は、言葉が先であって現実が先なんだということは一言もいっていない。文学者の領域に関する限り言葉が先なんですからね。

しかしぼくが一歩言葉の外に出ればそこじゃ責任は完全にかかってくるという考えですね。このフィクションの中では責任は全然ないのだ。ぼくの小説についてはぼく絶対責任持たんですよ。最近京都のある学校の学生がぼくの『奔馬』というのを読んで、興奮して学校やめた、それで友だちを連れて財閥みんな殺《や》るためにグループをつくって東京に出てくるという話を人づてに聞いたのですよ。全然ぼくはそれについては責任ない。(笑い)

村上　それは『資本論』読んで反革命やるやつがいてもマルクスに責任ありませんからね。(笑い）書物というのはそうですけれどもね。

三島　ただ「反革命宣言」についてはぼくは責任持ちます、あれはどうあろうと責任持ちます。

村上　ただ、さっきのアイスクリームの例でも、アイスクリームが溶けるかもしれないと思いながらつくった作家の責任はあるでしょう。（笑い）

祭祀国家の意味——文化の基礎はイロジカル

国家

三島　でもアイスクリームは溶けるにきまっている。（笑い）ただ地上に永遠のものはないから、どんな政権だって崩壊するし、どんな政治形態だって崩壊しますね。権力は一日で腐るし、腐らない権力なんてありゃしない。

村上　ますますいよいよ、そうなってくるんじゃないですか。権力が百年計画や五十年計画を立てるようになればなるほど、自分の来月の運命もわからないというようなことになって来ますね。おそらくそういうのと闘うやつというのはますます腐ってくるから困るのですね。

三島　困るのですよ、ほんとうに困るのですよ。ネーション論になりますけれども、前、日本文化会議で国家論というのをやったのですが、ぼくはいろいろみんなの話聞いていて、どうもぼくはピンとくる議論がなかったのですけれども、結局国家というのはなんだというのをいろいろ考える。ごく概念的に浅はかに分ければ、私は統治的国家と祭祀的国家とあると考えて、近代政治学の考えるネーションというのは統治的国家だけれども、この統治的国家のために死ぬということはぼくはむずかしいと思うのですよ。

技術化、近代化、工業化、都市化ということが進めば進むほど、それ自体はインターナショナルなものですからね。これは国際協定によって経済協定でも技術協定でもなんでもできますし、そういう形でもってコントロールできる。国家は無理をしながらマネージメントの機能だけ残って来て、そのマネージメントの機能が少なければ少ないほどいい国家といわれる、それが強ければ強いほど悪い国家といわれる。

国民はいつも自由ですし、自由意思を働かしてなるたけ技術の伸展とか人類共通の文化という目標に向って進んでいく、これが一つの統治国家というものの未来の姿だと思うのですよ。管理能力が減退すればするほどその国家はいい国家であるという政治観みたいなものができて来ている。それがチェコの問題だと思うので、チェコはああいうふうに苦しめられましたけれども、国家というものはなんだろうか、国家はわれわれの自由を阻害しないほどいい国家ではないかという観念を強く持ったと思うのです。現実にはソヴェトみたいな反動的なあれがワーッとやって来て、ワッとタンクで一挙に滅ぼしてしまった。

私はそれだけじゃ足りない、チェコがどうしても最終的に守るものがなかったということは、そういう国家を皆信じたからだ、ということをいうのですよ。

もう一つネーションというものは祭祀的な国家というものが本源的にあって、これは管理機能あるいは統治機能と全然関係がないものだ、ここにネーションというものの根拠を求めなければ、私は将来守ることはできないのだという考えを持っている。

それと文化、これはごく簡単に考えてみればラショナルな機能を統治国家が代表して、イラショナルなイロジカルな機能はこの祭祀国家が代表している。ぼくの考えるよき国家というのは、この二つのイロジカルな国家とロジカルな国家が表裏一体になることがぼくの考えるいい国家なんです。ですから管理国家だろうが民主主義だろうがなんだろうが構わない。ですけれどもこっちの方は天皇でなければだめなんです。どうしても祭祀国家の大神官がいなくちゃならんですね。

文化というものはラショナルなところに出ている足というのはごくわずかしかない。これはイラショナルな、イロジカルなところに文化の基礎があるのですから、こっち側にしか文化はないのだという考えです。

村上 その祭りというのは天皇が中心になって米を斎《いっ》き祭るというようなことですか、やはり米を食っていなければいけないわけですな。

三島 米は絶対食いますね。日本人はどこまでいっても食いますね。ここでパン食っていますけれど、米はとにかくどこまでも食いますな。米が一つの象徴になったってぼくは構わないと思う。日本中に水田が全部なくなって、宮中の陛下がおつくりになる一坪の水田になっちゃった――それでも構わない。

村上 そうすると三角寛《みすみかん》さんの山窩《さんか》の研究に出てくるような米を食わないやつがほんとうの日

本人だというあれはどうお考えですか。

三島　そういう歴史観はいくらでもあるのですよ、つまり三角寛の歴史観とか百姓一揆的歴史観とか、そういう民衆の中のちょっとした変ったものを見つけて来て、それを拡大する歴史観というのはいろいろありますよ。八切止夫《やぎりとめお》なんかそんなことばっかりいって暮している。（笑い）そんなもの歯牙《しが》にかける必要ないです。文化に関係ないです、そんなもの。そういう人間がいつ文化を創造したですか。いつ文化の高い洗練、日本語の一番高いものをそんな人間が保証しましたか。山窩が日本語というものを保証しやしない。

村上　米をつくるということと、米を斎き祭るということと、言霊の幸ふということが合致するわけですね。

三島　そうですね。

村上　それがほんとうのネーションであるとおっしゃる？

三島　三種の神器とぼくがいうのはそれですけれども、あなたもそれ、お書きになっている。この間、石原慎太郎に笑われちゃった。小田実と二人で、私をあざ笑っていましたよ。三種の神器だって、三島にも困ったものだ——石原が笑ったら、小田実が共感の笑いをもって……。（笑い）

村上　その点自民党も社会党も近いわけですな。

三島　いや、石原と小田実って、全然同じ人間だよ、全く一人の人格の表裏ですな。

村上　ともかく非常にモダンな人が多いから、三種の神器なんていうと驚いちゃうのですね。

われわれは心の上では非常に身近なんだけれども。(笑い)

三島　ですからぼくが皇居を守るというのは、一般のやつとちょっと違うのは、ぼくは宮中三殿守ればいい、宮中三殿のことなんですよ。文化というのは、結局それ以外に文化を最終的に守るといったって、『源氏物語絵巻』とか国立博物館にある文化財とか、文部省の文化財保護委員会の思想とか、そういう思想は戦う思想じゃないのです。そういう思想は絶対にどんな政治形態ができようが、これから先、大丈夫です。そういう思想は官僚の思想ですね。

ぼくはひょっとすると言論の自由を守るという思想もそっちの方じゃないかと思うのですね。下手をすると、というのは言論の自由の問題は非常に微妙なんだけれども、文化というものの発達に、言論の自由というものがほんとうに栄養分になるかどうか、ときどき疑問に思うのです。

(「安保粉砕」とデモ通る)

象徴的ですね。こんなデモの声をききながら、(笑い) 三種の神器なんていっている。

美しい生き方

村上　結局自分が美しいと思う生き方を生きて見せるというほかに手がない。

三島　それ以外に全くないですね。ところがそのチャンスすらなくなっちゃった。どうやって自分が美しい人間だということを証明する方法があるのだ。ぼくは人間が自己証明する方法としては死しかない、死に方ですね。それも癌で死んだんじゃしようがないんで、ちゃんとした死に方をしなければいけない。それは恥かしながら自分もそれを考えないわけじゃありませんでしたけれども、ますます時勢は非でね。

村上 なかなか腹を切るチャンスもないですし、うまく切れるかどうかむずかしい。

三島 焼身自殺も突発的にやってもおかしいし、これはやっぱり機というか、時というものがあるからね。それは安田講堂で警官隊に取り巻かれて腹切るならりっぱなものだけれども、なかなかそういう立場というのはこっちには来ないでしょう、困りますね。

村上 死に急ぐということもないし。

三島 死に急ぐのも武士らしくはないね、やたら死に急ぐの。

村上 簡単に心中するとかなんとか、そんな死に方もしたくないし。

三島 困ったことですよ。ただ日本人がもう少し顔を向き合わしてお互いが戦い合うということが、ちょっと今ないな。一〇・二一以後ちょっとチャンスがないな。われわれなんであるかということを遂に知る機会がないじゃないの、こんなことやっていたら。こうやって座談会でなんでもいっているのは勝手ですよ、こんなものは屁みたいなもので、虚《むな》しいですよ。

村上 真剣勝負となるとなかなかチャンスもないし、予想もつかないしするからね。(笑い)

言葉の城を守る緊張——政治詩と抒情詩がくっつき

抒情

村上 ぼくは抒情というのは必ず憤怒が伴わなければいけないと思っているわけですが、そこに萩原朔太郎なんかに対する非常な親近感と、保田与重郎《やすだよじゅうろう》氏なんかに対する、ああいうおおようさに対する一種の反発とがあるのですね。三島さんなんかいかがですか。憤りがない抒情というのはリリックにならないというふうにぼくは考えているのですがね、日本語では。

三島 支那もそうじゃないですか。

村上 日本の場合でいうと、たとえば「剣太刀いよよ研ぐべし」というような、やっと一体になった相聞《そうもん》であって初めて相聞たり得るような。

三島 支那の政治詩というのは非常に抒情的で美しいですね。支那では政治詩と抒情詩が一番くっついているのじゃないでしょうか。いい抒情詩は大てい政治的な怒りのメタフォアですね。日本ではそういう点で、抒情はある歴史のいろんな時点でもって、必ずしも怒りとは重なって来ない、もっと頽廃した抒情もいっぱいあると思いますね。

お能なんかの持っているあの暗欝な抒情、あれはぼくはヨーロッパの世紀末にもおさおさ劣らない非常に暗欝な、洗練の極致にあるような、疲れた抒情だと思いますよ。怒りの入る余地のない、非常に疲れた抒情、ああいうものもありますね。仏教の影響でしょうけれどもね。

村上 仏教の影響ですかね、やっぱり。

三島 いろんなものがあるでしょうね。怒りというものはいつもエネルギーだし、若々しさだし、覇気だと思うけれども、怒りから出て来た抒情というものは案外少ないですね。文学史の上ではある時代にはたまたま出るけれども。

村上 革命期にはどうですか。壬申《じんしん》の乱とか明治維新とか。

三島 人麻呂の歌にもある程度あるけれども、家持《やかもち》はそうじゃない。ぼくは今度、家持読んでつくづくそう思った。

村上 あれはもっとサロン的なものですね。

三島 家持が防人《さきもり》の歌の模作をしてますがね。これは防人の歌の中にある〝うれたみ〟みたいな、悲しみみたいなものは全然ないですね。言葉はそういう言葉つかっているのですよ。ですけれども、なんにもないです。

村上 そうすると「万葉」の家持に最高の点を見出す保田さんの『万葉集の精神』に対してはどうお考えですか。

三島 ぼくは間違っていると思うな。ぼくは家持が最高だとは決して思わない。家持は『古今集』へつなぐ詩人だと思いますね。

村上 一方「新古今」なんか重んじられる考え方というのはどういう、あれも革命詩ですか。

三島　革命詩というよりは抵抗がありますね。「新古今」は、もうこの言葉の城を守る以外に、どうにもこうにも逃げ場所がないのだという緊張があるでしょう。〝うれたみ〟とはちょっと違いますね、緊張感がありますね。

村上　塚本邦雄さんみたいにほんとうにその中に入って、言葉の遊びみたいなやつを体現していかないと、ほんとうにおもしろみはないでしょうな。「万葉」の方はしろうとが読んでもあるおもしろさがありますけれども。

三島　塚本邦雄というのはやっぱり現代の定家みたいな男じゃない？

村上　秀才だしね。（笑い）

地獄を見た王朝人——能は文学的死体愛好症

「**万葉**」・「**新古今**」

三島　やっぱり定家ですよ。ああいうところに自分を追い詰めていって、紅旗征戎《せいじゅう》はわがことにあらず、というような人でしょうね。

村上　しかし紅旗征戎わがことにあらずでは、ほんとうに「新古今」の中の、たとえば式子内《しきしない》親王《しんのう》なんかのいいものがわかりますかね。やはり相当武的なものが入っているのじゃないですか、以仁王《もちひとおう》やなんかに連なって。

三島　でしょうが、やっぱりぼくは行動とかいうものに対して、王朝人はただ見ていただけだと思いますね。

前に大原御幸《おはらごこう》のことを書いたことあるのです。大原御幸に建礼門院が出て来ますね。お前は六道《りくどう》を見た人間だと父の上皇がいうのです。地獄を見た女なんですよ。地獄を見た女ということはもう彼女にとって言語表現の及ばないぎりぎりの境を見ちゃった女なんですね。少なくとも行動の世界の地獄を見た女なんですね。それは十一世紀までの宮廷人の目には触れなかったものです。それを見ちゃったけれども、言語表現としてはそれは表現できないのですね。黙っているほかないのですよ。言語で表現できる最高のものは優雅の世界しかありませんから、きたないもの、みにくいことをいわないで優雅の世界ぎりぎりに見つめていけば、そこと接点があるだろうということを考えるでしょうね。

歌の中になんにも出て来なくても、ぼく『新古今集』の精神ってああだと思うのですけれども、地獄へ言葉の側から入って来た人間と行動の側から入って来た人間が、「新古今」という一つの歌集を境に出会うところがある。一方では武士階級が勃興して、武士階級は修羅道を知ってますから、人間は死ぬときにどんなふうにして死ぬのか、胸をやられたらどういう叫び声上げるか、死体がどうやって腐っていくか、よく知っているのです。王朝人はそんなものは見たくもないし、たとえ見ちまったとしても言語表現できない。だから自分の言葉の財産でもって詰めて詰めて詰めていく。

そうするとぼくはあすこでぱったり会っちゃったような気がするのです。その会っちゃったところから一種の文学上のネクロフィリーが始る。それがお能なんですね。お能というのはほんとうのネクロフィラスな芸術だと思う。死体愛好症ですよね。言語表現がもう突き抜けちゃったところに死体がいっぱいころがっている。幽霊がいます。お墓があります。その中では腐って骨があります。そういうものに優雅が直面しちゃった。だからあとの時代にできた。そうしてその言葉自体は非常に優雅な言葉で、王朝時代の栄華を夢みたり憧れたり思い出したりしているのですけれども、内容は死ですよ、死以外になにもない。それも死というより死体愛好症ですね。

まあぼくはエドガー・アラン・ポーの小説好きな人はお能がわからないことはないと思うのです。ポーの小説でよくいっていますね。「リジイア」とか「ベレニス」とか、ああいうような小説、日本文学はほんとうに頽廃ということをよく知っている文学ですね。デカダンスというのをよく知っている文学です。これは武士とはなんにも関係ないことです。どうもおそらく保田さんたちの文学史にはそういうものが出て来ないです。絶対出て来ないです、ネクロフィラスのものは。あの人お能をほめたこと一度もありませんよ、保田さんは。

村上 折口信夫なんかのいう呪い、呪ですな、ああいうものと尚武の精神というようなものとはつながりませんかね、文学の上で。

三島 ぼくはつながらないと思いますね。折口さんは決して武というものがわからなかった人ですね。ですから折口民俗学というものの根本的な欠点は武の精神がわからない、荒御魂《あらみたま》がわからなかったことだと思うのですよ。まだ柳田さんの方がわかっていたような気がしますね。その代り折口さんはネクロフィリーはわかったですよ。『死者の書』じゃないけれども、デカダンスというものは非常にわかった人でしょうね。まあしかし日本の近代文学で武のわかった人というのは森鷗外一人で、あとだれもいないじゃないですか。

村上　与謝野鉄幹はどうですか。

三島　鉄幹はそうですね。しかし詩人でしょう。小説家として鷗外以外だれがいるでしょうね、武というのを多少ともわかった人。

村上　佐々木信綱もやっぱり小説家じゃないですね。小説の方じゃいないかもしれませんね。

三島　一人もいないでしょう。火野葦平なんかもちょっと意味が違うな。

村上　あれは武の世界の中に入れられちゃったという感じでね、裸で。積極的にやったわけじゃないから。

三島　ですから自衛隊でいまだに吉川英治ばかり読んでいるのです。ぼくは、あんな三流文学を文学だと思っていると、もしあなた方が言論統制をするような世の中になるとえらいことになるぞといってからかうのです。あなた方、どんな時代がくるかわからないのだから、一流の文学だけ読んでおきなさいとよく言うんだ。

村上　その点じゃ松本清張さんの書いている二・二六なんというのは、どうもおかしなところがありますね。

三島　全く政治の次元だけでしか見ていない。

村上　『木戸日記』かなんかで書いているところは、やる人間の身になって考えていない。

三島 しかしぼくは木戸さんが二・二六を片づけて、次の内閣ができて、二週間後ぐらいにゴルフにいっているところを読んで怒ったな、ぼくはとても怒った。それから二・二六から一月後に書いているのは、日本も華族制度をいずれは廃さなければならん時代がくるであろう、まあしかしそのときの私の私案としては、男爵は短い年数で廃止するとしても、侯爵となるとやはり九十五年後に廃止はどうだろう――まあその考えね。

村上 終戦のころの日記なんかでも、およそわれわれの考えとは違いますね。

三島 木戸さんというのはいけませんわ。ほんとうにいけませんね、あれは。いくら文学の話しても、またこんな話になっちゃう、(笑い)ブーメランみたいにいくら投げても戻って来てしまう。(笑い)

本書は、日本教文社より１９７０年９月に刊行された『尚武のこころ　三島由紀夫対談集』の復刻版です。本書のもつ文学性及び芸術性、また著者・対談者がすでに故人であるという事情に鑑み、表現の削除、変更はあえて行わず、底本どおりの表記としました。（編集部）

三島由紀夫対談集
尚武のこころ 復刻版

２０２５年１月14日　第１刷発行

発行人　永田和泉
発行所　株式会社イースト・プレス
〒１０１-００５１
東京都千代田区神田神保町２-４-７　久月神田ビル
電話：０３-５２１３-４７００
ファクス：０３-５２１３-４７０１
https://www.eastpress.co.jp

装幀　トサカデザイン（戸倉 巌、小酒保子）
印刷所　中央精版印刷株式会社

ISBN978-4-7816-2421-1